MW01174024

Viaje olvidado

Silvina Ocampo

Viaje olvidado

emecé

Ocampo, Silvina
    Viaje olvidado.– 1ª ed.– Buenos Aires : Emecé Editores, 2005.
    184 p. ; 23x14 cm.

    ISBN 950-04-2743-5

    1. Narrativa Argentina-Cuentos I. Título
    CDD A863

Emecé Editores S.A.
Independencia 1668, C 1100 ABQ, Buenos Aires, Argentina
www.editorialplaneta.com.ar

Diseño de cubierta: *Mario Blanco*
2ª edición: 2.000 ejemplares
(1ª edición en este formato)
Impreso en Talleres Gráficos Leograf S.R.L.,
Rucci 408, Valentín Alsina,
en el mes de noviembre de 2005.

IMPRESO EN LA ARGENTINA / PRINTED IN ARGENTINA
Queda hecho el depósito que previene la ley 11.723
ISBN: 950-04-2743-5

Cielo de claraboyas

La reja del ascensor tenía flores con cáliz dorado y follajes rizados de fierro negro, donde se enganchan los ojos cuando uno está triste viendo desenvolverse, hipnotizados por las grandes serpientes, los cables del ascensor.

Era la casa de mi tía más vieja adonde me llevaban los sábados de visita. Encima del hall de esa casa con cielo de claraboyas había otra casa misteriosa en donde se veía vivir a través de los vidrios una familia de pies aureolados como santos. Leves sombras subían sobre el resto de los cuerpos dueños de aquellos pies, sombras achatadas como las manos vistas a través del agua de un baño. Había dos pies chiquitos, y tres pares de pies grandes, dos con tacos altos y finos de pasos cortos. Viajaban baúles con ruido de tormenta, pero la familia no viajaba nunca y seguía sentada en el mismo cuarto desnudo, desplegando diarios con músicas que brotaban incesantes de una pianola que se atrancaba siempre en la misma nota. De tarde en tarde, había voces que rebotaban como pelotas sobre el piso de abajo y se acallaban contra la alfombra.

Una noche de invierno anunciaba las nueve en un reloj muy alto de madera, que crecía como un árbol a la hora de acostarse; por entre las rendijas de las ventanas pesadas de cortinas, siempre con olor a naftalina, entra-

ban chiflones helados que movían la sombra tropical de
una planta en forma de palmera. La calle estaba llena de
vendedores de diarios y de frutas, tristes como despedidas en la noche. No había nadie ese día en la casa de
arriba, salvo el llanto pequeño de una chica (a quien acababan de darle un beso para que se durmiera, que no
quería dormirse), y la sombra de una pollera disfrazada
de tía, como un diablo negro con los pies embotinados
de institutriz perversa. Una voz de cejas fruncidas y de
pelo de alambre que gritaba "¡Celestina, Celestina!", haciendo de aquel nombre un abismo muy oscuro. Y después que el llanto disminuyó despacito… aparecieron
dos piecitos desnudos saltando a la cuerda, y una risa y
otra risa caían de los pies desnudos de Celestina en camisón, saltando con un caramelo guardado en la boca.
Su camisón tenía forma de nube sobre los vidrios cua-
driculados y verdes. La voz de los pies embotinados crecía: "¡Celestina, Celestina!". Las risas le contestaban cada vez más claras, cada vez más altas. Los pies desnudos
saltaban siempre sobre la cuerda ovalada bailando
mientras cantaba una caja de música con una muñeca
encima.

Se oyeron pasos endemoniados de botines muy negros, atados con cordones que al desatarse provocan ac-
cesos mortales de rabia. La pollera con alas de demonio
volvió a revolotear sobre los vidrios; los pies desnudos
dejaron de saltar; los pies corrían en rondas sin alcan-
zarse; la pollera corría detrás de los piecitos desnudos,
alargando los brazos con las garras abiertas, y un me-
chón de pelo quedó suspendido, prendido de las manos
de la falda negra, y brotaban gritos de pelo tironeado.

El cordón de un zapato negro se desató, y fue una
zancadilla sobre otro pie de la pollera furiosa. Y de nue-

vo surgió una risa de pelo suelto, y la voz negra gritó, haciendo un pozo oscuro sobre el suelo: "¡Voy a matarte!". Y como un trueno que rompe un vidrio, se oyó el ruido de jarra de loza que se cae al suelo, volcando todo su contenido, derramándose densamente, lentamente, en silencio, un silencio profundo, como el que precede al llanto de un chico golpeado.

Despacito fue dibujándose en el vidrio una cabeza partida en dos, una cabeza donde florecían rulos de sangre atados con moños. La mancha se agrandaba. De una rotura del vidrio empezaron a caer anchas y espesas gotas petrificadas como soldaditos de lluvia sobre las baldosas del patio. Había un silencio inmenso; parecía que la casa entera se había trasladado al campo; los sillones hacían ruedas de silencio alrededor de las visitas del día anterior.

La pollera volvió a volar en torno de la cabeza muerta: "¡Celestina, Celestina!", y un fierro golpeaba con ritmo de saltar a la cuerda.

Las puertas se abrían con largos quejidos y todos los pies que entraron se transformaron en rodillas. La claraboya era de ese verde de los frascos de colonia en donde nadaban las faldas abrazadas. Ya no se veía ningún pie y la pollera negra se había vuelto santa, más arrodillada que ninguna sobre el vidrio.

Celestina cantaba *Les Cloches de Corneville*, corriendo con Leonor detrás de los árboles de la plaza, alrededor de la estatua de San Martín. Tenía un vestido marinero y un miedo horrible de morirse al cruzar las calles.

Esperanza en Flores

Uno, dos, tres, cuatro, cinco, era ya muy tarde. La lámpara de kerosene chistaba a la noche, aquietándola como una madre a un hijo que no quiere dormirse, y Esperanza se quedaba desvelada a las doce de la noche, después de haber pasado el día durmiéndose en los rincones. Uno, dos, tres, cuatro, cinco habían sido los caballos negros atados al coche fúnebre que llevaron a su marido cubierto de flores hasta la Chacarita, y desde ese día abundaban las visitas en la casa. Sus amigas la habían querido llevar a pasear un domingo porque estaba pálida. Uno, dos, tres, Esperanza se había hecho rogar, y después por fin había salido hasta la plaza de Flores y allí se había sentado en un banco con dos señoras vecinas, hermanas del almacenero. Uno, dos, tres, cuatro, cinco, un hombre detrás de un árbol desabrochaba su pantalón y Esperanza miraba el cielo a través de las ramas. "Esperanza, no podés seguir así. Esperanza, no podés seguir así, te vas a enfermar. Hay que conformarse al destino", le decían sus amigas.

Uno, dos, tres, alguien golpeaba la puerta de entrada. Esperanza estaba en el punto liso de su tejido y dijo: "¿Quién es?". Florián entró despacito con los ojos dormidos "¿Florián a estas horas?" Florián dormía en la cama de su hermana, no hacía ni media hora, cuando la madre lo despertó sacándolo a tirones: había visitas y

no alcanzaban las camas. Salvo los domingos y días de
fiesta era siempre de noche cuando llegaban las visitas:
a esa hora la radio tocaba una música que las atraía, sin
duda.

Esperanza no conocía de esa casa más que a Florián.
Los chismes de las vecinas caían sobre las hermanas y
las madres, que tenían todas ondulación permanente
(¿*croquiñol*, o permanente al aceite?; una seria discu-
sión se había establecido entre las hermanas del almacenero), tenían todas barniz en las uñas y no pagaban al
panadero. Florián se hacía la rabona y pedía limosna en
la calle, desviando un ojo. Pero, casi siempre, con su cara original de ángel, ganaba más limosnas que con su ojo
perdido. Esperanza no sabía ese tejemaneje, creía en la
virtud azul de los ojos de Florián, en sus diez años, en
su timidez, en su voz quejosa ejercitada en pedir limosnas. No hubiera admitido ni siquiera el sufrimiento o el
hambre de un chico que se hace la rabona pidiendo limosna con un ojo voluntariamente tuerto. Hubiera visto a ese chico desmenuzarse debajo de un ómnibus,
morirse de hambre en una esquina, suicidarse con un
cuchillo sucio de cocina: no hubiera dado un paso por
salvarlo. Sólo la virtud inocente de los ojos de Florián,
igual a los ojos de un Niño Jesús, le ganaba el corazón,
hasta hacerlo sentar a veces sobre sus escasas faldas a las
doce de la noche cuando estaba sola. Entonces, creyendo salvarlo de su familia, le enseñaba oraciones que venían escritas detrás de las estampas, con veinte, cuaren-
ta, cincuenta días de indulgencias.

El sueño ponía sus manos santas sobre los ojos de
Florián, mientras contaba todo lo que había trabajado
en la casa aquel día. Había ayudado a Leonor a barrer el
cuarto. Leonor tenía que planchar un camisón nuevo,

tenía que arreglar las flores de papel en el florero de su cuarto sobre una carpeta de *macramé*. Y él había tenido que limpiar el excusado, había tenido que pelar las papas, limpiar todas las verduras para el almuerzo —"¡Pobre angelito!" suspiraba Esperanza—. Después había llegado tarde al colegio por culpa de su hermana; la maestra le había pegado con un látigo que tenía escondido en un cajón del pupitre. Le había dicho que no quería recibir ningún vago en la escuela, ningún muerto de hambre, ningún hijo de puta. Esperanza levantó sus anchos brazos sacudidos de espanto: "¿Es posible que la maestra te haya dicho esas cosas?". Florián, mártir de su sueño, decía sí con la cabeza. El día quedaba muy lejos detrás de la noche, y recordaba que había recorrido las calles de más tráfico torturándose los ojos, sin conseguir una limosna, y cuando volvía a su casa con su rostro cotidiano, sin hacer ningún esfuerzo para conmover a nadie, una señorita le había dado un peso entero en monedas, averiguándole su nombre. Había gastado el peso en cinematógrafo, masitas y tranvía; no quería volver a su casa con un solo centavo en el bolsillo. Sus hermanas lo desvalijaban, ellas que ganaban por lo menos cuatro pesos por día. Todo eso no se lo podía contar a Esperanza; tampoco le podía contar que había hecho pis contra un automóvil nuevo y que le había roto la blusa a su hermana. "Hijo de puta —le había dicho el hijo del frutero—. Tu madre no me paga pero yo le pago a ella. Tendrá que pagarme el vidrio de mi vidriera que me has roto, o bien los llevaré a todos a la comisaría." Pero al día siguiente, Valentini, el frutero, llegaría a la casa como siempre, repartiendo sonrisas y bombones con versitos de almacén, y al entrar a la pieza de su hermana le daría una palmadita en la cara, diciéndole:

"Pícaro, pícaro". Es que Valentini se olvidaba de todo cuando estaba con sus hermanas; cuando llegaba a casa de Florián no parecía ni siquiera un pariente lejano del frutero Valentini de delantal blanco, ofreciendo sus mercaderías a través de las vidrieras. ¿Qué virtud tan extraordinaria tenían sus hermanas?

Esperanza guardó el tejido en una canastita. Uno, dos, tres, cuatro, cinco puntos faltaban para terminar la fila, y eso la iba a desvelar. Volvió a tomar el tejido. Uno, dos, tres, cuatro, cinco años faltaban para terminar de pagar la casa por mensualidades. Mientras tanto vendería sus tejidos; era un modo honrado de ganarse la vida, y no como estas malas mujeres, estas mujeres de la calle. Sin darse cuenta, hablaba en alta voz. Florián, sonámbulo de sueño, se retiraba silenciosamente en dirección a la cama de su hermana, con la esperanza de encontrar sitio para él.

"Mi hijito, es la hora de dormirse." Esperanza se dio vuelta y se encontró sola frente a la lámpara de kerosene. No se oía más que el canto de la luz que le decía despacito que se callara.

El vestido verde aceituna

Las vidrieras venían a su encuentro. Había salido nada más que para hacer compras esa mañana. Miss Hilton se sonrojaba fácilmente, tenía una piel transparente de papel manteca, como los paquetes en los cuales se ve todo lo que viene envuelto; pero dentro de esas transparencias había capas delgadísimas de misterio, detrás de las ramificaciones de venas que crecían como un arbolito sobre su frente. No tenía ninguna edad y uno creía sorprender en ella un gesto de infancia, justo en el momento en que se acentuaban las arrugas más profundas de la cara y la blancura de las trenzas. Otras veces uno creía sorprender en ella una lisura de muchacha joven y un pelo muy rubio, justo en el momento en que se acentuaban los gestos intermitentes de la vejez.

Había viajado por todo el mundo en un barco de carga, envuelta en marineros y humo negro. Conocía América y casi todo el Oriente. Soñaba siempre volver a Ceilán. Allí había conocido a un indio que vivía en un jardín rodeado de serpientes. Miss Hilton se bañaba con un traje de baño largo y grande como un globo a la luz de la luna, en un mar tibio donde uno buscaba el agua indefinidamente, sin encontrarla, porque era de la misma temperatura que el aire. Se había comprado un sombrero ancho de paja con un pavo real pintado encima, que llovía alas en ondas sobre su cara pensativa. Le habían regalado piedras y pulseras, le habían regalado chales y serpientes embalsamadas, pájaros apolillados que guardaba en un baúl, en la casa de pensión. Toda su vida estaba encerrada en aquel baúl, toda su vida estaba consagrada a juntar modestas curiosidades a lo largo de sus viajes, para después, en un gesto de intimidad suprema que la acercaba súbitamente a los seres, abrir el baúl y mostrar uno por uno sus recuerdos. Entonces volvía a bañarse en las playas tibias de Ceilán, volvía a viajar por la China, donde un chino amenazó matarla si no se casaba con él. Volvía a viajar por España, donde se desmayaba en las corridas de toros, debajo de las alas de pavo real del sombrero que temblaba anunciándole de antemano, como un termómetro, su desmayo. Volvía a viajar por Italia. En Venecia iba de dama de compañía de una argentina. Había dormido en un cuarto debajo de un cielo pintado donde descansaba sobre una parva de pasto una pastora vestida de color rosa con una hoz en la mano. Había visitado todos los museos. Le gustaban más que los canales las calles angostas, de cementerio, de Venecia, donde sus piernas corrían y no se dormían como en las góndolas.

Se encontró en la mercería El Ancla, comprando alfileres y horquillas para sostener sus finas y largas trenzas enroscadas alrededor de la cabeza. Las vidrieras de las mercerías le gustaban por un cierto aire comestible que tienen las hileras de botones acaramelados, los costureros en forma de bomboneras y las puntillas de papel. Las horquillas tenían que ser doradas. Su última discípula, que tenía el capricho de los peinados, le había rogado que se dejase peinar un día que, convaleciente de un resfrío, no la dejaban salir a caminar. Miss Hilton había accedido porque no había nadie en la casa: se había dejado peinar por las manos de catorce años de su discípula, y desde ese día había adoptado ese peinado de trenzas que le hacía, vista de adelante y con sus propios ojos, una cabeza griega; pero, vista de espalda y con los ojos de los demás, un barullo de pelos sueltos que llovían sobre la nuca arrugada. Desde aquel día, varios pintores la habían mirado con insistencia y uno de ellos le había pedido permiso para hacerle un retrato, por su extraordinario parecido con Miss Edith Cavell. Los días que iba a posarle al pintor, Miss Hilton se vestía con un traje de terciopelo verde aceituna, que era espeso como el tapizado de un reclinatorio antiguo. El estudio del pintor era brumoso de humo, pero el sombrero de paja de Miss Hilton la llevaba a regiones infinitas del sol, cerca de los alrededores de Bombay.

En las paredes colgaban cuadros de mujeres desnudas, pero a ella le gustaban los paisajes con puestas de sol, y una tarde llevó a su discípula para mostrarle un cuadro donde se veía un rebaño de ovejas debajo de un árbol dorado en el atardecer. Miss Hilton buscaba desesperadamente el paisaje, mientras estaban las dos solas esperando al pintor. No había ningún paisaje: todos los cuadros se habían convertido en mujeres desnudas, y el hermoso peinado con trenzas lo tenía una mujer desnuda en un cuadro recién hecho sobre un caballete. Delante de su discípula, Miss Hilton posó ese día más tiesa que nunca, contra la ventana, envuelta en su vestido de terciopelo.

A la mañana siguiente, cuando fue a la casa de su discípula, no había nadie; sobre la mesa del cuarto de estudio, la esperaba un sobre con el dinero de medio mes, que le debían, con una tarjetita que decía en grandes letras de indignación, escritas por la dueña de casa: "No

queremos maestras que tengan tan poco pudor". Miss
Hilton no entendió bien el sentido de la frase; la palabra pudor le nadaba en su cabeza vestida de terciopelo
verde aceituna. Sintió crecer en ella una mujer fácilmente fatal, y se fue de la casa con la cara abrasada, como si
acabara de jugar un partido de tenis.

Al abrir la cartera para pagar las horquillas, se encontró con la tarjeta insultante que se asomaba todavía por
entre los papeles, y la miró furtivamente como si se hubiera tratado de una fotografía pornográfica.

El Remanso

La estancia El Remanso quedaba a cuatro horas de tren, en el oeste de Buenos Aires. Era un campo tan llano que el horizonte subía sobre el cielo por los cuatro lados, en forma de palangana. Había varios montes de paraísos color de ciruela en el verano y color de oro en el otoño; había una laguna donde flotaban gritos de pájaros extraños; había grupos de casuarinas que parecían recién llegados de un viaje en tren, y sin embargo contenían en sus hojas de alfileres una sonoridad muy limpia, bañada por el mar; había una infaltable calle de eucaliptos que llevaba hasta la casa. Y en esa casa, tan sólo de un lado no se veía el horizonte, pero no era ni del lado en que se acostaba el sol ni del lado en que se levantaba. Estaba rodeada de corredores donde se reflejaban lustrosas las puestas de sol y donde se estiraba el mugido de la hacienda.

Era una mañana radiante cuando Venancio Medina había llegado a la estancia, en un vagón que le había prestado el almacenero, cargado con un baúl roto, un ropero sin espejo, cuatro atados de ropa, un perrito blanco enrulado, su mujer y sus dos hijas. Le habían indicado la casita blanca de dos cuartos donde iban a vivir él y su familia. Venancio Medina había examinado desde el primer instante los corredores de la casa grande, donde estaban sentados en ruedas de medias lunas los dueños de casa. Había media docena de chicos. La familia se componía de varias familias juntas, y Venancio creyó al principio que la mayor parte eran visitas.

La familia, inmovilizada sobre escalones progresivos de sueño, pareció conmoverse al ver desembarcar del vagón a Venancio Medina con su chica más chiquita en los brazos. Más que una chica, parecía un monito vestido de rojo. En seguida corrió parte de la familia inmovilizada, movilizada en busca de la chica. Venancio Medina sintió sobre su brazo las polleras empapadas de la hija que acababa de hacerse pis, pero no pudo retenerla de las manos que se la llevaban hasta el comedor de su casa, donde la pusieron sobre la mesa como un postre, contemplándole por todos lados su llanto inarticulado. Venancio miraba desde la puerta, absorto, y el nombre de su hija revoloteaba por toda la casa, como en su casa el nombre del perrito enrulado.

De eso hacía ya más de diez años. Venancio había entrado a la estancia en calidad de casero, pero sus actividades múltiples lo llevaron desde mucamo de comedor, cuando los sirvientes abandonaban la casa, hasta jardinero cuando el jardinero llegaba a faltar. Fue después cuando eligió definitivamente el puesto de cochero. Y era evidente que había nacido para ser cochero, con sus grandes bigotes y un chasquido inimitable de lengua contra el paladar, que hacía trotar cualquier caballo sobre el barro más pesado. Los chicos, sentados sobre el pescante del break, trataban de imitar ese ruido opulento y mágico que aventajaba el látigo para poner en movimiento las ancas de los caballos.

Mientras tanto, la mujer de Venancio se ocupaba de la casa; era ella la que hacía el trabajo de los dos, siempre rezongando y pegando a sus hijas; siempre furiosa de trabajo, con la cabeza lista a esconderse dentro del cuerpo como la cabeza de una tortuga, en cuanto alguien se le acercaba.

Sus dos hijas crecían perezosas y lánguidas como flores de invernáculo. Siempre los otros chicos las llamaban para jugar en el jardín, justo en el momento en que la madre las perseguía con una escoba para que barrieran. Y se iban llenas de risas por entre los árboles, Libia y Cándida, adonde las esperaban entre nubes de mosquitos las confidencias asombrosas de esa familia de chicos de todas las edades y de todos los sexos. Se habían vuelto imprescindibles. Si no estaban Libia y Cándida, no había bastantes árboles para jugar a Las Esquinitas; si no estaban Libia y Cándida, no había bastantes vigilantes para jugar a Los Vigilantes y Ladrones; si no estaban Libia y Cándida, no había bastantes nombres de frutas para jugar a Martín Pescador. Y a lo largo del día, jugaban escapándose de las siestas en los cuartos dormidos. Sentían un delicioso placer que las arrancaba de sus padres. Presenciaban los odios mortales que dividían a los chicos en bandadas de insultos que se gritaban de un extremo al otro del parque, sentados en los bancos con aire de meditación. (A veces, no les alcanzaban los nombres de animales para insultarse; tenían que recurrir al diccionario.)

Libia y Cándida tenían los libros de misa llenos de retratos de sus amigas. Sentían el desarraigo de no poder preferir a ninguna, de miedo a que se resintieran las otras. Y se pasaban los inviernos en la estancia vacía, esperando cartas prometidas que no llegaban. Y a medida que iban creciendo, disminuía levemente alrededor de ellas ese cariño que era del color del sol que las unía en verano. Los vestidos que les regalaban les quedaban

justos, no había que soltar ningún dobladillo, no había
que deshacer ninguna manga. Libia y Cándida entraban
como ladronas a la casa grande, cuando la familia no estaba, para mirarse en los altos espejos. Estaban acos-
tumbradas a verse con un ojo torcido y con la boca hin-
chada en un espejo roto, y el vestido invariablemente
quedaba en tinieblas; pero en la casa grande abrían las
persianas y se quedaban en adoración delante de sí mismas, y creían ver en esos espejos a las niñas de la casa.

Cándida, un día, se acercó tanto al espejo que llegó
a darse un beso, pero al encontrarse con la superficie lisa y helada donde los besos no pueden entrar, se dio
cuenta de que sus amigas la abandonaban de igual manera. El cariño que antes le enviaban, a veces en forma
de tarjeta postal, ahora se lo enviaban en forma de vestido y de sonrisa helada cuando estaban cerca. Ya no había palabras, ya no había gestos, si no era el abrazo de las
mangas vacías de los vestidos envueltos que venían de
regalo. Cándida huyó ante su imagen y en el movimiento patético de su huida, que le retenía los ojos en el espejo, creyó ver un parentesco lejano con una estrella de
cine que había visto un día en un film, donde la heroí-
na se escapaba de su casa.

Llegaba el verano, llegaba el invierno y volvía el verano; eran grandes; los dueños de la estancia apenas las
llamaban los domingos para llevarlas a misa. El odio crecía en ellas por el padre satisfecho y la madre furiosa.

Venancio Medina era cada vez más dueño de la estancia. Cuando iba hasta la estación a buscar las visitas,
ante las exclamaciones de admiración de los viajeros,
sacudía la cabeza y decía con modestia: "¡Qué va a ser

lindo! ¡No tiene nada de lindo! ¡Hay otras estancias más lindas!"

Las hijas de Venancio pensaban que ninguna estancia podía ser linda, detestaban el canto tranquilo de las palomas a mediodía, detestaban las puestas de sol que dejaban manchas muy sucias de fruta en el cielo, detestaban, sobre todos los horrores humanos, el silencio. Libia se casó con el primer hombre que le ofreció llevársela a vivir cerca del macadam; gastaron todos los ahorros en muebles que no cabían en la casa demasiado chiquita. Así vivió en un amontonamiento de chicos recién nacidos, de muebles sucios, de carpetas bordadas y almohadones en que nunca tenía tiempo de sentarse a descansar.

Cándida, el mismo día, sin decir adiós a sus padres, tomó un tren que iba a Buenos Aires, con un atado de vestidos, donde llevaba los brazos vacíos de sus amigas.

El caballo muerto

Sentían que llevaban corazones bordados de nervaduras como las hojas, todas iguales y sin embargo distintas en las láminas del libro de Ciencias Naturales. Las tres corrían juntas en el fondo del jardín; de tarde tenían el pelo desatado en ondas que se levantaban detrás de ellas; corrían hasta el alambrado que daba sobre el camino de tierra. Se oía de tanto en tanto pasar la respiración acalorada del tren, que provocaba la nostalgia de un viaje sobre la suprema felicidad de la cama de arriba, en un camarote lleno de valijas y de vidrios que tiemblan.

Eran las cinco de la tarde en la sombra de las hamacas abandonadas, hamacadas por el viento, cuando veían pasar todos los días un chico a caballo, con los pies desnudos. Desde el día en que habían visto ese caballo obscuro con un chico encima, una presencia milagrosa las llevaba juntas, en remolinos de corridas por todo el jardín. Nunca habían podido ser amigas, siempre había una de las dos hermanas que se iba sola, caminando con un cielo de tormenta en la frente, y la otra con el brazo anudado al brazo de su amiga. Y ahora andaban las tres juntas, desde la mañana hasta la noche. Miss Harrington ya no tenía ningún poder sobre ellas; era inútil que tragara el jardín con sus pasos enormes, llamándolas con una voz que le quedaba chica. La pobre Miss Harrington lloraba de noche, en su cuarto, lágrimas imperceptibles. Había llegado a esa casa una tarde de Navidad. Los chicos escondieron abundantes risas detrás de la puerta por donde la veían llegar. Los largos pasos de sus piernas involuntarias, hacían de ella una institutriz insensible y severa. En ese momento, Miss Harrington se sintió más chica que sus discípulos: no sabía nada de geografía, no podía acordarse de ningún dato histórico; desamparada ante la largura de sus pasos, subió la escalera de un interminable suplicio, que la llevó hasta el cuarto de la dueña de casa.

Hacía cuatro años que estaba en la casa y vivía recogiendo los náufragos de las peleas. Ahora no había peleas para preservarla de su soledad: los varones estaban ese año en un colegio, las tres chicas estaban demasiado unidas para oír a ningún llamado. Asombraba en la casa ese tríptico enlazado que antes vivía de rasguños y tirones de pelo. Estaban tan quietas que parecía que posaban para un fotógrafo invisible, y era que se sentían crecer, y a una de ellas le entristecía, a las otras dos les gustaba. Por eso estaban a veces atentas y mudas, como si las estuvieran peinando para ir a una fiesta.

A las cinco de la tarde, por el camino de tierra pasaba a caballo el chico del guardabarrera, que las llevaba, corriendo por el deseo de verlo, hasta el alambrado. Le regalaban monedas y estampas, pero el chico les decía cosas atroces.

De noche, antes de dormirse, las tres contaban las palabras que les había dicho, las contaban mil veces, de miedo de haber perdido algunas en el transcurso del día, y se dormían tarde.

Un día que había torta pascualina para el almuerzo, y treinta grados en el termómetro del corredor —apenas parpadeaban las sombras de los árboles a las cinco de la tarde—, ya no galopaba más el caballo sobre el camino: estaba muriéndose en el suelo y el chico le pegaba con un látigo, con sus gritos y con sus miradas. El caballo ya no se movía, tenía los ojos grandes, abiertos, y en ellos entraba el cielo y se detenían los golpes. Estaba muerto como un carbón sobre la tierra.

Y más tarde, subía la noche llenando el jardín de olor a caballo muerto. Volaban las pantallas de las moscas por toda la casa.

El canto de los grillos era tan compacto que no se oía. Una de las dos hermanas iba sola caminando.

Miss Harrington, que estaba recogiendo datos históricos, se sonrió por encima de su libro al verlas llegar.

La enemistad de las cosas

Arqueó su boca al bajar los ojos sobre la tricota azul que llevaba puesta. Desde hacía días, una aprensión inmensa crecía insospechadamente por todas las cosas que lo rodeaban. A veces era una corbata, a veces era una tricota o un traje que le parecía que provocaba su desgracia. Había jurado analizar los hechos y las coincidencias para poner fin a sus dudas.

Desde esa mañana de invierno en que había salido de Buenos Aires, no hacía ni tres días, dejaba abierta para las traiciones una extensión que llegaba hasta el día de su nacimiento. Aquella ausencia pesaba sobre él varios meses atrás, como una fatalidad imprevisible; tenía que ir a revisar el campo; no podía escapar a su destino, y dócilmente se había ido en un tren que lo mataba de una estación a otra.

Pasó la mano por su frente, y al sentirse despeinado, supo que estaba en el campo. Había estado hasta entonces sordo al silencio que hacían los árboles en torno de la casa, sordo a la claridad del cielo, sordo a todo, salvo a la turbación que lo habitaba. Ya no se acordaba más: cuando era chico, en esa estancia le gustaba tener que cruzar la noche alumbrada por una lámpara de kerosene o por la luna, para llegar desde el comedor hasta el cuarto de dormir, y esa felicidad lo había llevado siempre de la mano al cruzar el patio. No había sido nunca chico aquel día.

Súbitamente, se daba cuenta de que vivía rodeado de la enemistad de las cosas. Se daba cuenta que el día que había estrenado esa tricota azul con dibujos grises (que su madre le había mandado hacer), su novia había estado distante paseando sus ojos inalcanzables por épocas misteriosas y escondidas de su vida, que la hacían sonreír una sonrisa tierna, que a él le resultaba dura como de piedra donde caían de rodillas las súplicas, "¿En qué piensas?"; y ella había tenido un gesto de impaciencia, y esa impaciencia había crecido con resorte al contacto de sus gestos, al contacto de sus palabras. En ese momento ya no sabía caminar sin tropezar, no sabía tragar sin hacer un ruido extraordinario y su voz se había desbocado en los momentos que requerían más silencio. El odio o la indiferencia que había levantado aquel día estaban ahí delante de él palpables y sólidos como una pared de piedra.

Más tarde, cuando volvió a su casa, recordó que al desvestirse había sentido como una liberación. Llamó el teléfono, y la ternura de su novia era para él solo: una cama donde uno se duerme cuanto uno está muy cansado.

Eladio Rada y la casa dormida

La casa era de varios pisos. Era una casa de campo con trechos inmensos de playas desiertas, donde se asomaban los árboles y los ladrones. En los techos crecían cada día nuevas telarañas que enardecían el plumero más alto de la casa; y brotaba de los muebles y de las sábanas guardadas como plantas de un invernáculo obscuro, olor a choclo recién cortado.

Hacía frío de invierno en la casa vacía, pero a Eladio Rada, el casero, las estaciones no se le anunciaban ni por el frío ni por el calor. Nunca miraba el cielo. La llegada o la ausencia de la familia era el único cambio de estación que él conocía. Cuando empezaba a oír su nombre cercándolo a gritos por todos lados, voces grandes, voces chicas llamándolo: "Eladio", "Eladio", sabía que llegaba el buen tiempo y que la familia pronto vendría a invadir la casa; sabía que entonces las camas todas las noches se llenarían de mosquiteros, habría que quitar los forros blancos de los muebles, habría que encerar los pisos para que los niños patinaran encima, rayándolos con resplandores opacos.

Y entonces, sólo entonces, oía cantar las chicharras del jardín y ya no se animaba a mirar la estatua desnuda del hall.

Pero ahora vivía en la mitad del invierno, la casa era de él solo y de los cuatro perros que debía cuidar. Él mismo tenía que hacerse la comida, en un calentador Primus, que susurraba en el silencio de mediodía y de la noche. Hubiera tenido tiempo para dormir la siesta y para pensar en la mujer con quien quería casarse, si no hubiera sido por el miedo a los ladrones.

Había lugares inexplorados de la casa, en donde se oían ruidos, de noche, que lo despertaban; entonces se levantaba con la escopeta que le habían dado los patrones, revisaba las persianas, pero nunca llegaba hasta ese lugar lejano y misterioso por donde entran los ruidos de la noche que hacen ladrar a los perros. Por eso Eladio Rada se dormía de día en los bancos del jardín y los chicos se burlaban de su cara de idiota.

En un cajón lleno de clavos, recortes de diarios y alambres viejos, Eladio tenía guardada la fotografía de su novia. Sabía lavar bien y cocinar mejor, era trabajadora. Habían salido a pasear unas cuantas veces y era el único recuerdo de su vida. Eladio no sabía cómo hacer para pedirle que se casara con él, y cada vez que intentaba decírselo, ponía cara de perro enojado, dándole empujones al cruzar las calles; pero Angelina no se daba cuenta de nada, ni siquiera le dolían los empujones y se despedía en las esquinas de las calles, riéndose con los jardineros.

Eladio se pasaba las horas de invierno con los ojos sumidos en las baldosas del corredor. Angelina había desaparecido. No sabía si había soñado una novia con quien se fotografió en el Jardín Zoológico, un día memorable que fue a pasear a Buenos Aires. Angelina se había apoyado ese día sobre su brazo porque estaba cansada; llevaba un traje nuevo. No tenía otro recuerdo. Y cuando cruzaba el hall se detenía, mirando para otro lado, junto a la estatua desnuda. ¿Así sería el cuerpo de una mujer? Angelina debía de ser tres veces más linda, tres veces más gorda, cuando se bañaba tal vez desnuda por las mañanas.

En esos momentos en que la cabeza de Eladio se surcaba de corredores por donde paseaba Angelina, su novia perdida, invariablemente oía ruidos de ladrones invisibles que hacían ladrar los perros, y salía por la casa desierta a revisar las persianas que se multiplicaban alrededor de la casa.

Un día Eladio Rada se moriría y en el momento de morirse desfallecido en la cama del hospital, con los ojos perdidos en las regiones del techo, se levantaría a revisar las persianas y las puertas de la casa, donde se asomarán los ángeles.

El pasaporte perdido

"Certifico que Da. Claude Vildrac, de estado soltera, de profesión..., que sí lee y escribe, y cuya fotografía, impresión digitopulgar derecha y firma figuran al dorso, es nacida... 15 de abril de 1922... en el pueblo... Cap. Federal, Buenos Aires, Rep. Argentina... tiene 1m 40 cm de altura, el cutis de color blanco, cabello rubio, nariz de dorso recto, boca med. y orejas med."...

Claude seguía las huellas de su cara con las dos manos y mirando el pasaporte pensaba: "No tengo que perder este pasaporte. Soy Claude Vildrac y tengo 14 años. No tengo que olvidarme; si pierdo este pasaporte ya nadie me reconocería, ni yo misma. No tengo que perder este pasaporte. Si llegara a perderlo, seguiría eternamente en este barco hasta que los años lo usaran y prepararan para un naufragio. Los barcos viejos tienen todos que naufragar, y entonces tendría que morirme ahogada y con el pelo suelto y mojado, fotografiada en los diarios: 'La chica que perdió su pasaporte'.

"Tengo que llegar a Liverpool, en donde me espera mi tía con el sombrero en la punta de la cabeza. Mi tía Mabel tiene una casa grande con cinco perros, tres daneses y dos galgos. Un galgo blanco que llegó fotografiado en una de las cartas breves de Mabel: 'This is my beautiful Lightning', nombre difícil para un perro, a quien hay que llamar muchas veces. Mi tía Mabel tiene un jardín con flores y una fábrica de tejidos. No quiero llegar demasiado pronto a Liverpool, porque los días a bordo son todos días de fiesta, y quiero tener muchos días de fiestas corriendo por la cubierta, sola, sola, sola, sin que nadie me cuide.

"Alguien me preguntó si estaba triste, porque anoche apoyaba mis manos sobre mis ojos de sueño. No, no estaba triste; mi padre me recomendó al comisario de a bordo y a una familia de nombre extraño que se me olvida todo el tiempo. El día que salía del barco las campanas tocaban como en la elevación, y el comedor estaba lleno de olor a flores y los abrazos me hundieron tanto el sombrero que no veía más que los pies despedirse con pasos de baile. Mi padre me quitó el sombrero para verme los ojos, y en ese momento vi que había montones de ojos a mi alrededor que lloraban. Sentí que ése era un momento de la vida en que había que llorar. Refregué mis ojos y guardé mi pañuelo en la mano como un signo de llanto hasta el final de la despedida.

"Cuando me dieron el último abrazo, las campanas sonaban como las campanillas de los helados en la calle." La sirena hacía temblar el barco, como si se fuera a romper tres veces, y después el silencio del agua se llenó de luces y de tres campanadas en el reloj de los ingleses. Buenos Aires ya estaba lejos. "Así son los viajes", pensaba Claude Vildrac, "tan distintos de lo que uno ha previsto."

Sentada sobre la cama del camarote, leía su pasaporte como un libro de misa. Hacía ya una semana que se había embarcado a bordo del *Transvaal*, transatlántico flamante de banderitas y de estrellas. Antes de embarcarse habían visitado el barco ella y su madre, habían elegido el camarote, habían buscado corriendo el bote de salvamento correspondiente a un caso de naufragio. El terror le puso a Claude el rostro que tenía en el pasaporte, los ojos se le habían ensanchado profundamente con las olas de las tormentas que hacen naufragar los barcos. Su madre se había reído, y a Claude le pareció un presagio funesto. Recordó que ese día habían almorzado en un restaurante que se llama La Sonámbula. En cada plato había una sonámbula chiquitita, de cabello suelto, con los brazos tendidos, cruzando un puente; esa sonámbula era más bien una mujer recién desembarcada de un naufragio, que perdió su pasaporte a los catorce años, su casa y su familia.

Se asomó por el ojo de buey: el mar estaba azul marino, de tinta muy azul; el barco crujía suavemente de un lado al otro. Era increíble lo distinto que podía ser el mar de los baños de mar, el mar de las playas, del mar de a bordo, tan duro, tan impenetrable como las mesas de mármol veteadas de verde. Claude tenía el cabello húmedo de un baño de pileta, que había durado más de dos horas. Elvia la había retado. ¿Quién era Elvia? No sabía su apellido, no sabía quién era su padre ni su madre, y, sin embargo, Elvia era la persona a quien ella seguía a bordo todo el día; era la persona a quien daría su salvavidas el día del naufragio. Guardaba preciosamente un pedazo de cinta, con la cual Elvia se había atado el cabello el día de cruzar la línea. El comedor estaba lleno de luces aquella noche, la música de circo se había vuelto sentimental. Las mesas también estaban vestidas de baile, y los *crackers* eran de un verde de aguas marinas, con anchas mariposas y caballos de carrera y bailarinas y cazadores pintados encima. Pero Elvia no estaba vestida de baile; llevaba un vestido que lloraba de soledad en el brillo de la noche; los cinco frascos de perfume con que se había perfumado hacían como un jardín alrededor de ella, que la guardaba encerrada.

¿Quién era Elvia? "Una guaranga", decían "algunos". "Una mujer de la vida", había dicho un viejo, tapándose la boca, como si tosiera, al ver el cabello suelto y las piernas rasguñadas de Claude. "Una mujer de la vida" debería tener un traje negro de trabajadora, con grandes remiendos y zapatos gastados de caminar por la vida. Así veía Claude a "las mujeres de la vida", con la boca despintada y una gran bolsa en las espaldas, como los *linyeras*, caminando de estancia en estancia.

Claude recordaba una mañana en que, corriendo por el *deck-tennis*, se había caído al suelo. Elvia la había recogido con un gesto maternal y le había vendado la rodilla lastimada con un pañuelo fino. Después, cuando se encontró sola, vio que la esquinita del pañuelo llevaba un nombre bordado: Elvia. Así había conocido a Elvia.

Recostó su cabeza contra la frescura blanda de la almohada; las almohadas eran caracoles blancos donde se oye de noche el ruido del mar, sin necesidad de estar embarcada.

Lo que más le gustaba de a bordo eran los desayunos por las mañanas, la música de circo, el miedo de los naufragios y Elvia.

Pero de pronto un pez redondo, de aletas festoneadas por las grandes profundidades del mar, con un pico largo de medio metro, entró por la puerta volando; primero empezó a picar las peonías de un cuadro y después las bombitas de luz. El cuarto quedó en tinieblas, envuelto entre los tules rayados del mar. La angustia se apoderó de Claude: la angustia de haber perdido el espectáculo del naufragio. ¿El barco se habría hundido

hacía ya cuánto tiempo? Y, de repente, de una bombi-
ta rota, surgió una llama imperceptible, que fue creciendo y derramándose por el suelo y sobre las sillas.
El barco entero se iba a incendiar de ese modo. "¡Incendio, incendio!", todas las puertas de los camarotes se
abrían a gritos. Claude salió corriendo, repitiendo el
número del bote de salvamento 55, como una letanía.
Subió las escaleras. Los botes estaban todos llenos de
gente en camisón. Estaban todos los pasajeros: los que
comían en el comedor grande y los que comían en el
comedor chico; estaban los mozos y los dos peluque-
ros, estaban los oficiales y los marineros, los músicos,
los cocineros y las mucamas. Estaban todos, menos Elvia. Elvia venía caminando lejos, lejos, por el puente, y
no llegaba nunca. Elvia, transformada en la sonámbula del plato, no llegaba nunca, nunca. Claude corría detrás de ella con el salvavidas en los brazos. El barco se
hundía para siempre, llevándose su nombre y su rostro sin copia al fondo del mar.

Florindo Flodiola

Sabía por qué calle lo habían llevado hasta esa puerta con cortinitas rojas que hacían una puesta de sol constante, detrás del zaguán silencioso. Todo el mundo hablaba en secreto cuando entró por la puerta. Llevaba una galera guardada para el día de su casamiento y unos calzoncillos demasiado largos.

La entrada de la casa era angosta con plantas altas, que crecían sobre una carpeta tejida al *crochet* debajo de una maceta negra donde se dormían los mayorales.

Había millones de almohadones de seda pintados con borlas que sonaban como campanillitas cada vez que entraba alguien. Había una mujer mucho más alta que las otras, con un vestido de tarlatán amarillo, adornado con estalactitas de caramelo, y todas tenían el pelo corto y largas trenzas que les colgaban debajo de las polleras levantadas en forma de cortinas de teatro. Hablaban con voces de sirena.

Tenía permiso de cantar en todos los teatros y un día cantó en la peluquería, pero no podía rebajarse a cantar en una peluquería. La guitarra era demasiado alta, había que subir por una escalera de cuerdas para alcanzar las notas, y ahora todas las mujeres en esa casa color de incendio lo perseguían. Todas lo llamaban adentro de las piezas para que cantara en un teatro lleno de cortinados rojos.

Por fin entró a una pieza toda cubierta de enredaderas y de flores con cintas desplegadas; la cama era de madera negra con incrustaciones brillantes verdes y ana-
ranjadas; había una sola silla que daba vueltas por el
cuarto, en cuanto uno quería sentarse.

La mujer vestida de tarlatán amarillo lo abrazó.

Taralatán, taralatán, taralatán
cantaban las sirenas...

Al levantar los ojos al techo, estaba lleno de gente
que lo miraba, vio su galera como un reloj luminoso en
la obscuridad del cuarto, y se fue corriendo por los corredores con los brazos en forma de gritos.

El retrato mal hecho

A los chicos les debía de gustar sentarse sobre las amplias faldas de Eponina porque tenía vestidos como sillones de brazos redondos. Pero Eponina, encerrada en las aguas negras de su vestido de *moiré*, era lejana y misteriosa; una mitad del rostro se le había borrado pero conservaba movimientos sobrios de estatua en miniatura. Raras veces los chicos se le habían sentado sobre las faldas, por culpa de la desaparición de las rodillas y de los brazos que con frecuencia involuntaria dejaba caer.

Detestaba los chicos, había detestado a sus hijos uno por uno a medida que iban naciendo, como ladrones de su adolescencia que nadie lleva presos, a no ser los brazos que los hacen dormir. Los brazos de Ana, la sirvienta, eran como cunas para sus hijos traviesos.

La vida era un larguísimo cansancio de descansar demasiado; la vida era muchas señoras que conversan sin oírse en las salas de las casas donde de tarde en tarde se espera una fiesta como un alivio. Y así, a fuerza de vivir en postura de retrato mal hecho, la impaciencia de Eponina se volvió paciente y comprimida, e idéntica a las rosas de papel que crecen debajo de los fanales.

La mucama la distraía con sus cantos por la mañana, cuando arreglaba los dormitorios. Ana tenía los ojos estirados y dormidos sobre un cuerpo muy despierto, y

mantenía una inmovilidad extática de rueditas dentro
de su actividad. Era incansablemente la primera que se
levantaba y la última que se acostaba. Era ella quien re-
partía por toda la casa los desayunos y la ropa limpia, la
que distribuía las compotas, la que hacía y deshacía las
camas, la que servía la mesa.

Fue el 5 de abril de 1890, a la hora del almuerzo; los
chicos jugaban en el fondo del jardín; Eponina leía en *La
Moda Elegante*: "Se borda esta tira sobre pana de color
bronce obscuro" o bien: "Traje de visita para señora joven, vestido verde mirto", o bien: "punto de cadeneta,
punto de espiga, punto anudado, punto lanzado y pasado". Los chicos gritaban en el fondo del jardín. Eponina seguía leyendo: "Las hojas se hacen con seda color
de aceituna" o bien: "los enrejados son de color de rosa
y azules", o bien: "la flor grande es de color encarnado",
o bien: "las venas y los tallos color albaricoque". Ana no
llegaba para servir la mesa; toda la familia, compuesta
de tías, maridos, primas en abundancia, la buscaba por
todos los rincones de la casa. No quedaba más que el altillo por explorar. Eponina dejó el periódico sobre la
mesa, no sabía lo que quería decir albaricoque: "Las venas y los tallos color albaricoque". Subió al altillo y em-
pujó la puerta hasta que cayó el mueble que la atrancaba. Un vuelo de murciélagos ciegos envolvía el techo
roto. Entre un amontonamiento de sillas desvencijadas
y palanganas viejas, Ana estaba con la cintura suelta de
náufraga, sentada sobre el baúl; su delantal, siempre
limpio, ahora estaba manchado de sangre. Eponina le
tomó la mano, la levantó. Ana, indicando el baúl, contestó al silencio: "Lo he matado".

Eponina abrió el baúl y vio a su hijo muerto, al que
más había ambicionado subir sobre sus faldas: ahora es-

taba dormido sobre el pecho de uno de sus vestidos más viejos, en busca de su corazón.

La familia enmudecida de horror en el umbral de la puerta, se desgarraba con gritos intermitentes clamando por la policía. Habían oído todo, habían visto todo; los que no se desmayaban, estaban arrebatados de odio y de horror.

Eponina se abrazó largamente a Ana con un gesto inusitado de ternura. Los labios de Eponina se movían en una lenta ebullición: "Niño de cuatro años vestido de raso de algodón color encarnado. Esclavina cubierta de un plegado que figura como olas ribeteadas con un encaje blanco. Las venas y los tallos son de color marrón dorados, verde mirto o carmín".

Paisaje de trapecios

Charlotte dejó caer su mirada sobre sus pechos; el vestido era de lana gruesa bordada con flores, las mangas estaban mal pegadas y le daban en todo el cuerpo una sensación tironeada, de ahogo, semejante a la del encierro en los ascensores de madera detenidos en un entrepiso. El desayuno estaba listo sobre la mesa; siempre tomaba el desayuno levantada y ya vestida en los cuartos de los hoteles por las mañanas. Y entonces, a esa hora desnuda de cantos en la ciudad, abría la puerta del cuarto vecino, donde dormía Plinio. Plinio entraba anunciándole la mañana con una corrida balanceada de piernas torcidas, como si de cada lado de sus brazos llevara colgado el cansancio de muchas personas, de muchos baldes de agua o de muchos canastos de frutas. Sus ojos eran tristes de malicia y de imitación. Charlotte lo sentaba sobre sus faldas desnudas y le daba terrones de azúcar todas las mañanas de su vida. A veces se preguntaba si no era realmente gracias a él como había entrado a su compañía de circo o bien si era gracias a ella misma y a sus números de acrobacia. Pero las exclamaciones de admiración la perseguían a lo largo de los viajes, en los barcos, en los andenes, en las ventanillas de los trenes hasta donde le llegaban las voces asombradas de "¡Oh, miren la chica con un mono!"; todo eso no iba dirigido a ella ni a su gorro de lana rojo, ni a sus anchas espaldas.

Que un mono fuera capaz de andar en bicicleta asombraba al público, que un mono hiciera equilibrio sobre una silla era un prodigio y Plinio sabía hacer todas esas cosas. Es cierto que Charlotte había desplegado toda su paciencia: con las manos pegajosas de terrones de azúcar se había pasado horas enseñándole pruebas. Y sin embargo, durante las representaciones los aplausos llovían sobre Plinio, y ella, en cambio, con sus números de acrobacia, con las piernas hinchadas envueltas en mallas rosas, con los brazos tremendamente desnudos, tenía que anticipar los aplausos después de cada prueba, tenía que forzar los aplausos con una corrida de gran artista, distribuyendo besos de cada lado de las gradas. Un vasto silencio aumentaba la sala. Charlotte había sufrido en los primeros tiempos los saltos mortales de su corazón como el tambor que anuncia las pruebas peligrosas; los pechos se le hinchaban en forma de semillas debajo de un cuello rojo atravesado de venas sinuosas… y cuando terminaba la representación, se dejaba caer sobre la cama de algún cuarto desmantelado. Sentía los latidos de su corazón recorrerla en puntos rotos a lo largo de la malla. La salud le robaba la compasión de los demás; podía tener el cuerpo desgarrado de cansancio, pero sus mejillas permanecían rosadas.

La compañía del circo Edna había pasado los años yendo de un pueblo a otro y se mantenía gracias a la media docena de elefantes que sabían caminar con una pata en el aire, que sabían hacer gárgaras de arena con ruido de trompetas, que sabían sentarse en ruedas furiosas sobre barriles, y caminar encima del enano, delicadamente, como bailarinas, sin aplastarlo. Gracias a Plinio, que levantaba lluvias compactas de aplausos y a un malabarista japonés.

Pero Charlotte trabajaba desde los diez años; había crecido entre paisajes de trapecios y redes giratorias, entre patas rugosas de elefantes amaestrados. Nunca había vivido en el campo. No conocía otros animales que los que vienen encerrados en jaulas. Un día, hacía poco tiempo, la habían invitado a un pic-nic en el Tigre; después de andar en lancha de excursión bajaron ella y sus compañeros a un Recreo llamado Las Violetas. Charlotte se durmió debajo de una palmera. Cuando se despertó vio la pata rugosa de un elefante apoyada contra su cuerpo, sus ojos subieron por la pata del elefante hasta que llegaron a la altura de las palmas verdes, el aire no estaba tamizado de aserrín y de arena, y aconteció la cosa más increíble de su vida: un día de campo.

Nada extraordinario había sucedido en su vida, vivía en una soledad de desierto sin cielo. Se dormía en los bancos, esperando su turno, con los ojos ribeteados de un fuego intenso de sueño (por eso sus compañeros la llamaban "la Dormilona")... Plinio la despertaba, le tiraba de la pollera, le sacudía los brazos mientras el público pasaba en los entreactos a visitar los animales. Y entre toda esa gente, un día, fue así, en esa postura de sueño, que algodona los brazos, que agranda los párpados listos a caerse como dos enormes lágrimas, que entreabre la boca y pinta las mejillas de rojo, estampando el apoyo de un bordado, de una estrellita o de una mano abierta, fue así como un hombre se había enamorado de ella. Para él apenas en ese instante se hicieron reales los movimientos acrobáticos incandescentes de esa mujer dormida; cada brazo, cada pierna era un envoltorio de músculos dormidos y blandos como un abrazo. Ese hombre en su infancia había visto serafines rubios disfrazados de acróbatas en el circo, por eso quizá se detuvo y miró largamente a la pruebista resucitada de su infancia. Y ella, tapiada detrás del sueño, lo vio lejos, lejos, en las gradas más altas, guiñándole el ojo detrás de dos bigotes de cejas rarísimas que llevaba sobre la frente. La intensidad de la mirada debió de ser muy grande, tan grande que Charlotte se despertó, pero no vio a nadie. "¿Plinio, quién era ese hombre?" Plinio se asomó a espiar por las cortinas y volvió tambaleando sin respuesta.

Hasta ese día había vivido en una soledad de desierto sin cielo, luego ese cielo ausente se cubrió de alas de mariposas coleccionadas en Río, que aquel desconocido le mandó de regalo —fue Plinio el que recibió los besos de agradecimiento—. Por entre los trapecios y las sillas apiladas, las grandes manos redondas de Charlotte rezaban de alegría, una semana después, cuando un hombre alto, de traje azul violáceo, se acercó a saludarla.

Después de ese breve encuentro se vieron todos los días en un taxi, donde Charlotte descubrió que el amor era una especie de match de Catch As Catch Can. Enseguida el novio quiso llevarla a una amueblada, pero no consiguió llevarla sino a un Bar Alemán con vueltas de Danubio Azul, desafinado, que los indujo al noviazgo definitivo. Ella tenía que interrumpir puntualmente sus entrevistas para ir hasta la pieza del hotel y darle de comer a Plinio; era una ocupación sagrada que mantuvo aun el día de su compromiso. Su novio, encarcelado esta vez dentro de un traje a rayas, ensombrecía su frente diciendo: "Voy a concluir por ponerme celoso". "¿De quién?" preguntó Charlotte. "De Plinio." Una risa breve los envolvió dentro del baile. Hacía frío afuera esa noche, y el interior del Bar Alemán abrigaba con olores espesos a gente, a cerveza, a frituras. En el medio de las mesas había floreritos de metal angostísimos y altos con tres flores muertas.

Para ella los días eran cortísimos; para él, en cambio, eran infinitos. Y de pronto, en la obscuridad de una ausencia brillaron los ojos culpables de Plinio. El novio pensó descorazonadamente en la inutilidad de disminuir su voz hasta modularla como la de un cura diciendo misa para santificar las proposiciones de llevar a su novia a una amueblada. Le pareció que por falta de tiempo sus frases no eran convincentes. Y Plinio era el culpable. Era él quien le robaba su novia, a él le dedicaba ella su tiempo enseñándole impúdicamente, en camisón, a andar en bicicleta, y para darle de comer salía todos los días, corriendo, de todas partes.

En los diarios de Buenos Aires, estaba anunciada la despedida de la compañía del circo Edna, pero todas eran funciones de despedida. Charlotte salió temprano del hotel esa mañana para hacer compras después de terminar su desayuno y volvió justo a las doce para darle de comer a Plinio. En el zaguán del hotel tuvo el gesto de retener los latidos de su corazón, como si tragara una píldora muy grande sin agua. Entró al dormitorio, abrió la puerta que comunicaba con el cuarto de al lado: un desorden complicadísimo rodeaba las sillas caídas y Plinio, en el suelo, como un muerto, parecía que había perdido el uso de la palabra; él, que nunca había hablado, ahora que estaba muerto necesitaba hablar. Charlotte lo acarició y en su mano quedaron impresas gotas anchas de sangre. Llevaba una herida grande en el pecho. Alguien lo había asesinado, sin duda. Charlotte abrió la puerta y gritó tres veces. Llegó su novio, venía a buscarla; pero ella no vio la sonrisa nueva que traía como un ramo de flores en el rostro; llevaba una mano vendada y se asomó sobre Plinio muerto, incrédulamente, como se había asomado en el circo sobre sus pruebas más difíciles, miró a su novia y no la reconoció. Ya no era el ángel disfrazado de acróbata, ya no era la chica con el mono deslumbrante; sentada en el suelo con la mirada inmóvil, redactaba un aviso para los diarios, reclamando al malhechor el precio de la vida de Plinio.

Las dos casas de Olivos

En las barrancas de Olivos había una casa muy grande de tres pisos, en donde no vivían más que cinco personas: el dueño de casa, su hija de diez años, una niñera, una cocinera, y un mucamo (sin contar el jardinero que vivía en el fondo de la quinta). Había cuartos inhabilitados, enormes cuartos con persianas siempre cerradas de humedad, cuartos llenos de miniaturas de antepasados y cuadros ovalados en las paredes. El jardín era espacioso con árboles altísimos. Sólo una cosa preocupaba al dueño de casa y era la improbabilidad de conseguir frambuesas; en ese jardín crecían flores, árboles frutales, había hasta frutillas, pero las frambuesas no podían conseguirse.

En el bajo de las barrancas de Olivos, en una casita de lata de una sola pieza vivían cuatro personas: el dueño de casa y sus tres nietas; la mayor tenía diez años y cocinaba siempre que hubiera alguna cosa para cocinar.

Y sucedió que esas dos chicas se hicieron amigas a través de la reja que rodeaba el jardín. "Mi casa es fea", dijo una. "Tiene diez cuartos en donde no se puede nunca entrar; el jardín no tiene frambuesas y por esa razón mi padre está siempre enojado." "Mi casa es fea", dijo la otra. "Es toda de latas, en la orilla del río, donde suben las mareas; en invierno hacemos fogatas para no tener tanto frío." "¡Qué lindo!" contestó la otra. "En ca-

sa no me dejan encender la chimenea." Y cada una se fue
soñando con la casa de la otra.

Al día siguiente volvieron a encontrarse en el cerco
y era extraño ver que esas dos chicas se iban pareciendo cada vez más; los ojos eran idénticos, el cabello era
del mismo color; se midieron la altura en los alambres
del cerco y eran de la misma altura, pero había solamente dos cosas distintas en ellas: los pies y las manos.
La chica de la casa grande se quitó las medias y los zapatos; tenía los pies más blancos y más chiquitos que
su compañera; sus manos eran también más blancas y
más lisas. Tuvo las manos durante varios días en palanganas de agua y lavandina, lavando pañuelos, hasta que
se le pusieron rojas y paspadas; caminó varios días descalza haciendo equilibrio sobre las piedras; ya nada las
diferenciaba, ni siquiera el deseo que tenían de cambiar
de casa. Hasta que un día, a escondidas en el ombú del
cerco que servía de puente, se cambiaron la ropa y los
nombres. Una chica le dio a la otra sus pies descalzos,
y la otra le dio los zapatos. Una chica le dio a la otra sus
guantes de hilo blanco y la otra le dio sus manos paspadas... ¡Pero se olvidaron de cambiar de Ángeles
Guardianes! Era la hora de la siesta; los Ángeles dormían en el pasto. Las dos chicas cruzaron por encima
de la reja; la que estaba en el jardín grande cruzó la calle, la que estaba en la calle cruzó al jardín. Se dijeron
adiós. "No te pierdas; mi cuarto de dormir queda al
fondo del corredor a la derecha." Y la otra contestó: "No
te pierdas, hay que seguir caminando hasta el fondo del
callejón" (el jardinero, que estaba cerca, pensó que el
eco se había vuelto sordo porque cambiaba el final de
la frase que gritaba la niña). Y se fueron corriendo cada una a casa de la otra.

Nadie se dio cuenta del cambio y ellas, que creían conocer sus casas, empezaban a reconocerlas según los cuentos que se contaban diariamente a través del cerco; hacían descubrimientos que las asombraban.

Pero los Ángeles Guardianes dormían la siesta a la hora de las confidencias y seguían ignorando todo.

Fue al principio del otoño, un día caluroso; el cielo estaba negro y muy cerca de la tierra pesaban nubes grises de plomo; era la hora en que las chicas se encontraban en el cerco, pero ninguna de las dos llegaba.

En la casita de latas no se podía respirar esa tarde; el abuelo y las tres nietas caminaban descalzos en el río tomando fresco. La chica de diez años se acordó de que en el jardín de la casa grande, como de costumbre, su amiga debía de estar esperándola; había ya pasado la hora, pero no importaba, iría de todas maneras. Vio un caballo blanco muy desnudo, le puso un bocado que encontró en el suelo, se trepó encima y salió al galope castigándolo con una rama de paraíso. La tormenta se acercaba, los árboles columpiaban grandes hamacas contra el viento, filamentos como los que había en las bombitas de luz eléctrica de las casas grandes llenaban el cielo, y primero un trueno y después otro rompían la tarde. El Ángel de la Guarda estaba despierto, pero, acostumbrado a las tormentas que cruzaba siempre la chica sin resfriarse, tuvo cuidado solamente de preservarla de los rayos. "Los caballos blancos atraen los rayos", pensaba el Ángel. "Hay que tener cuidado. Hay que tener cuidado."

Las dos chicas se encontraron en el cerco y tuvieron apenas tiempo de decirse adiós; llovía con tanta fuerza que la lluvia ponía entre ellas una cortina espesa, imposible de levantar.

Se oyó lejos, lejos, el galope de un caballo entre la tormenta y un rayo y otro rayo hicieron lastimaduras de relámpagos, duras incisiones de fuego.

La chica se bajó del caballo y se desmayó en la puerta de la casita de lata. La marea subía muy cerca; en ese instante oyó un rayo sobre el animal que, disparando con un relincho de crines deshilachadas, quedó tendido en el suelo negro. En el jardín el otro rayo cayó sobre la otra chica, mientras el Ángel la protegía de los resfríos confiadamente, pensando que la casa tenía pararrayos desde tiempo inmemorial.

En la puerta de la casita de lata la otra chica no pudo resistir el frío y se fue al cielo después de la tormenta...

Había mucho canto de pájaros y de arroyos a la mañana siguiente cuando subidas las dos chicas sobre el caballo blanco llegaron al cielo. No había casas ni grandes ni pequeñas, ni de lata ni de ladrillos; el cielo era un gran cuarto azul sembrado de frambuesas y de otras frutas. Las dos chicas se internaron adentro y más adentro del cielo, hasta que no se las alcanzó a ver más

Los funámbulos

Vivían en la obscuridad de corredores fríos donde se establecen corrientes de aire producidas por las plantas de los patios. Tenían almas de funámbulos jugando con los arcos en los patios consecutivos de la casa. No sentían esa pasión desesperada de todos los chicos por tirar piedras y por recoger huevos celestes de urraca en los árboles. Cipriano y Valerio —Cipriano y Valerio los llamaba sin oírlos la planchadora sorda, que rompía la mesa de planchar con sus golpes—. Cipriano y Valerio eran sus hijos, y cada vez se volvían más desconocidos para ella; tenían designios obscuros que habían nacido en un libro de cuentos de saltimbanquis, regalado por los dueños de casa.

Cipriano saltaba a través de los arcos con galope de caballo blanco, y Valerio de vez en cuando hacía equilibrio sobre una silla rota y escondía cuidadosamente su afición por las muñecas. No comprendía por qué los varones no tenían que jugar con muñecas. No había sabido que era una cosa prohibida hasta el día en que se había abrazado de una muñeca rota en el borde de la vereda y la había recogido y cuidado en sus brazos con un movimiento de canción. En ese momento lo atravesaron cinco risas de chicas que pasaban —y su madre lo llamó, y con el mismo gesto de tirar la basura le arrancó la muñeca. Cipriano había aumentado ampliamente su vergüenza con sus lágrimas.

La planchadora Clodomira rociaba la ropa blanca
con su mano en flor de regadera y de vez en cuando se
asomaba sobre el patio para ver jugar a los muchachos
que ostentaban posturas extraordinarias en los mar-
cos de las ventanas. Nunca sabía de qué estaban ha-
blando y cuando interrogaba los labios una inmovilidad de cera se implantaba en las bocas movibles de sus
hijos. Era una admirable planchadora; los plegados de
las camisas se abrían como grandes flores blancas en
las canastas de ropa recién planchada, y planchaba sin
mirar la ropa, mirando las bocas de sus hijos. Detrás
de las cabezas se elaboraba algún extraño proyecto
que largamente trató de adivinar en el movimiento de
los labios, hasta que acabó por acostumbrarse un poco a esa puerta cerrada que había entre ella y sus hijos.
Por las mañanas los dos chicos iban al colegio, pero las
tardes estaban llenas de juegos en el patio, de lecturas
en los rincones del cuarto de plancha, de pruebas en
imaginarios trapecios que la madre empezaba ya a ad-
mirar.

Cipriano había ido al circo un día con su madre. Durante el entreacto fueron a visitar los animales. Cuando
volvieron, al cruzar delante de la pista Cipriano sintió
el vértigo de altura que había sentido en la azotea de la
casa adonde raras veces lo habían dejado subir. Soltó la
mano de su madre y corrió hacia adentro del picadero,
dio vueltas de caballo furioso, dio vueltas de carnero de
pruebista, se colgó de un alambre de trapecista, se dio
golpes de clown. Y todo eso con una rapidez vertiginosa en medio de una lluvia de aplausos. Todo el público
lo aplaudía. Cipriano, deslumbrado en las estrellas de
sus golpes, era el caballo blanco de la bailarina, el pruebista de saltos mortales con diez pruebistas encima de

su cabeza, el trapecista de puros brazos con alas que atraviesan el aire para luego caer en la red elástica sobre un colchón enorme, donde duermen los trapecistas. Su madre lo llamaba por entre el tumulto de aplausos: ¡Cipriano, Cipriano! —y se creyó muda, con su hijo perdido para siempre. Hasta que un acomodador se lo trajo lleno de moretones y bañado en sudor. El público sonreía por todas partes y Clodomira sintió su terror furioso transformarse súbitamente en admiración que la hizo temer un poco a su hijo como a un ser desconocido y privilegiado.

Cuando llegaron de vuelta a la casa, Valerio, que estaba enfermo con la cabeza tapada dentro de las sábanas, asomó los ojos y vio todo el espectáculo glorioso del circo desenrollarse como una alfombra en los cuentos de Cipriano. Cipriano llevaba un nimbo alrededor de su cara del color de la arena de la pista, sus moretones adquirían formas extrañas de tatuajes sobre sus brazos.

Cipriano vivió desde ese día para volver al circo, Valerio para que Cipriano volviera al circo. Era a través de su hermano que Valerio gozaba todas las cosas, salvo su afición por las muñecas.

El fervor acrobático sin cesar crecía en el cuerpo de Cipriano; llegaron a inventar un traje de saltimbanqui hecho con medias de mujer y camisetas viejas del portero.

Un día no sentían ya el frío de la tarde sobre los brazos desnudos. Parados en el borde de una ventana del tercer piso, dieron un salto glorioso y envueltos en un saludo cayeron aplastados contra las baldosas del patio. Clodomira, que estaba planchando en el cuarto de al lado, vio el gesto maravilloso y sintió, con una sonrisa, que de todas las ventanas se asomaban millones de gritos y de brazos aplaudiendo, pero siguió planchando. Se acordó de su primera angustia en el circo. Ahora estaba acostumbrada a esas cosas.

La siesta en el cedro

Hamamelis Virginica, Agua Destilada 86% y una mujer corría con dos ramas en las manos, una mujer redonda sobre un fondo amarillo de tormenta. Elena mirando la imagen humedecía el algodón en la Maravilla Curativa para luego ponérsela en las rodillas: dos hilitos de sangre corrían atándole la rodilla. Se había caído a propósito, necesitaba ese dolor para poder llorar. Hamacándose fuerte, fuerte, hasta la altura de las ramas más altas y luego arrastrando los pies para frenar se había agachado tanto y había soltado tan de golpe los brazos que, finalmente, logró caerse. Nadie la había oído, las persianas de la casa dormían a la hora de la siesta. Lloró contra el suelo mordiendo las piedras, lágrimas perdidas —toda lágrima no compartida le parecía perdida como una penitencia—. Y se había golpeado para que alguien la sintiera sufrir dentro de las rodillas lastimadas, como si llevara dos corazones chiquitos, doloridos y arrodillados.

Cecilia y Ester, sus mejores amigas, eran mellizas, delgadas y descalzas; eran las hijas del jardinero y vivían en una casa modesta, cubierta de enredaderas de madreselva y de malvas, con pequeños canteros de flores.

Un día oyó decir al *chauffeur*: "Cecilia está tísica. Van tres que mueren en la casa de esa misma enfermedad". En seguida corrió y se lo dijo a la niñera, después a su hermana. No sé qué voluptuosidad dormía en esa palabra de color marfil. "No te acerques mucho a ella, por las dudas", le dijeron y agregaron despacito: "Fíjate bien si tose": la palabra cambió de color, se puso negra, del color de un secreto horrible, que mata.

Cecilia llegó para jugar con ella, al día siguiente con los ojos hundidos; sólo entonces la oyó toser cada cinco minutos, y era cada vez como si el mundo se abriera en dos para tragarla. "No te acerques demasiado", oía que le decían por todos los rincones; "No tomes agua en el mismo vaso", pero ávidamente bebió agua en el mismo vaso.

Cuando Cecilia se fue sola a las cinco de la tarde por los caminos de árboles, Elena corrió al cuarto de su madre y dijo: "Cecilia está tísica": esa noticia hizo un cerco asombroso alrededor de ella y una vez llegada a los oídos de su madre acabó de encerrarla.

Desde aquel día vivió escondida detrás de las puertas, oía voces crecer, disminuir y desaparecer adentro de los cuartos: "Es peligroso" decían, "No tienen que jugar juntas. Cecilia no vendrá más a esta casa". Así, poco a poco, le prohibieron hablar con Cecilia, indirectamente, por detrás de las puertas. Y pasaron los días de verano con pesadez de mano blanda y sudada, con cantos de mosquitos finos como alfileres. A la hora de la siesta miraba el jardín dormido entre las rendijas de las persianas. Las chicharras cantaban sonidos de estrellas: era en los oídos como en los ojos cuando se ha mirado mucho al sol, de frente; manchas rojas de sol. Veía llegar a Cecilia desde el portón juntando bellotas que parecían pequeñísimas pipas con las cuales fingía fumar intercambiándolas, como hombres cuando toman mate. Sintió que era para ella para quien las estaba juntando, esas bellotas verdes y lisas que contenían una carne blanca de almendra. Después de alzar la cabeza insistentemente como si la persiana fuese de vidrio, se acercó corriendo hasta la puerta y tocó el timbre; alguien le abrió y dijo palabras que no se oían. Le entregaban paquetes de dulces y juguetes antes de cerrar la puerta y decirle que Elena no estaba, que Elena tenía dolor de cabeza o estaba resfriada. Pero volvía todos los días juntando coquitos y bellotas, mirando la persiana cerrada detrás de la cual se asomaban los ojos de su amiga. Hasta el día en que no volvió más.

Elena permanecía detrás de las persianas a la hora de la siesta. El jardinero estaba vestido de negro. Elena esta vez huía de los secretos detrás de las puertas, corría por los corredores, hablaba fuerte, cantaba fuerte, golpeaba sillas y mesas al entrar a los cuartos, para no poder oír secretos. Pero fue todo inútil; por encima de las sillas golpeadas y de las mesas, por encima de los gritos y de los cantos, Cecilia se había muerto. Cecilia descalza corriendo por el borde del río se había resfriado, hacía dos semanas, y se había muerto.

Elena guardó el vaso en que bebían el agua prohibida.

Pocos días después Micaela, la niñera, la llevó a escondidas de visita a casa del jardinero. Elena trató de reproducir su rostro más triste, sus movimientos más inmóviles; la nerviosidad le robaba toda tristeza, trataba en vano de llegar al estado de sufrimiento anterior para no interrumpir el dolor numeroso. Pero cuando llegaron a la casa, la familia hablaba de manteles bordados, cuellos tejidos, la mejor manera de ganarse la vida, casamientos, todo interrumpido de risas. Nada parecía haber sucedido dentro de esa casa. Micaela escuchaba

con severidad, como si alguien la hubiera engañado. Esa
visita no podía terminar así; ella no había ido para hablar de manteles ni casamientos, había ido para recon-
fortar a los deudos y apiadarse de ellos. Trataba de entrar una frase triste en la conversación, como los chicos
cuando entran a saltar a la cuerda. Al fin pudo: preguntó si no conservaban ningún retrato de la finada. Hasta
ese instante la familia entera parecía esperar la llegada
de Cecilia de un momento a otro; esperaban que llegara del almacén, que llegara del río, o de las quintas vecinas. Inmediatamente hubo un revuelo de accidente, en
los cuartos, adentro de los armarios y de los cajones, en
busca de retratos como de medicamentos. Luego un silencio en el que Elena oyó unos pasos: los pasos descalzos de Cecilia. No, no había ningún retrato, salvo la fotografía de la cédula de identidad. Una nube oscurísima
se cernía sobre la casa; la madre trajo la fotografía que
ya estaba medio borrada, sólo se veía claramente el di-
bujo de la boca. Ester era lo único que quedaba de ella,
habían nacido juntas pero no se parecían nada. Ester,
sentada en una silla, se reía; la madre le gritó: "Andá, la-
váte la cara" —y volvió con urgencia la conversación de
los manteles—. La madre pasó la mano por sus ojos al
despedirse. Micaela la miró intensamente buscándole
lágrimas. Abrió la pequeña puerta y se quedó parada en
la vereda con la manos cruzadas sobre el delantal gris,
sonriendo.

Hamamelis Virginica, Agua Destilada 86%, la mujer corría enloquecida sobre la caja de cartón. Elena se
levantó y se asomó por la persiana, el jardinero vestido
de negro se reía con el otro jardinero. Nadie sabía que
Cecilia, como ella, se había muerto, y al fin y al cabo,
quién sabe si esperándola mucho en la persiana no lle-

garía un día juntando bellotas; entonces Elena bajaría corriendo con una cuchara de sopa y un frasco de jarabe para la tos, y se irían corriendo lejos, hasta el cedro donde vivían en una especie de cueva, entre las ramas, a la hora de la siesta, para siempre.

La cabeza pegada al vidrio

Desde hacía quince años Mlle. Dargère tenía a su cargo una colonia de niños débiles que había sido fundada por una de sus abuelas. La casa estaba situada a la orilla del mar y ella desde su juventud había vivido en la parte lateral del asilo, en el último piso de la torre.

En los primeros tiempos vivía en el primer piso, pero de noche en los vidrios de la ventana se le aparecía la cabeza de un hombre en llamas. Una cabeza espantosamente roja, pegada al vidrio como las pinturas de los *vitraux*. Se mudó al segundo piso: la misma cabeza la perseguía. Se mudó al tercer piso: la misma cabeza la perseguía; se mudó de todos los cuartos de la casa con el mismo resultado.

Mlle. Dargère era extremadamente bonita y los chicos la querían, pero una preocupación constante se le instaló en el entrecejo en forma de arrugas verticales que estropeaban un poco su belleza. Sus noches se llenaban de insomnios y en sus desvelos oía los coros de los sueños de los niños subir, con blancura de camisón, de los dormitorios de veinte camas en donde depositaba besos cotidianos.

Las mañanas eran diáfanas a la orilla del mar; los chicos salían todos vestidos con trajes de baño demasiado largos que se enredaban en las olas. No era la culpa de los trajes, pensaba Mlle. Dargère apoyada contra la balaustrada de la terraza; los chicos no podían usar sino trajes hechos a medida, para no quedar ridículos. Tenían un bañero negro que los mortificaba diariamente con una zambullida dolorosa, que lo resguardaba a él sólo, cuidadosamente, de las olas. Pero ella no podía oír llorar a los chicos y se acordaba del suplicio de los baños con bañeros en su infancia, que habían llenado su vida de sueños eternos de maremotos. Se bañaba de tarde con el agua a la altura de las rodillas, cuando la playa estaba desierta; entonces llevaba a veces un libro que no leía y se acostaba sobre la arena después del baño; era el único momento del día en que descansaba. Era la madre de ciento cincuenta chicos pálidos a pesar del sol, flacos a pesar de la alimentación estudiada por los médicos, histéricos a pesar de la vida sana que llevaban. Mlle. Dargère derramaba su prestigio de belleza sobre ellos. Su proximidad los serenaba un poco y los engordaba más que los alimentos estudiados por los mejores médicos, pero la cabeza del hombre en llamas seguía de noche en la ventana hasta que llegó a ser una horrible cosa necesaria que se busca detrás de las cortinas.

Una noche no durmió un solo minuto; la cabeza estaba ausente, la buscó detrás de las cortinas, y la desveló esta vez la posibilidad de poder dormir tranquila: la cabeza parecía haberse perdido para siempre.

A la mañana siguiente, en los dormitorios, una extraña exasperación retenía a los chicos al borde de las lágrimas. Llantos contenidos se amontonaban en las bocas. Mlle. Dargère creyó ver un asilo de ancianos en traje de baño azul marino desfilando hacia la playa. Carolina, su preferida, la única que tenía un cuerpo capaz de rellenar el traje de baño, se escapó de entre sus brazos.

La playa esa mañana se llenó de llantos obscuros y atorados dentro de las olas.

Mlle. Dargère, después de apoyar su melancolía sobre la balaustrada, que fue como una despedida a la belleza, subió corriendo hasta el espejo de su cuarto. La cabeza del hombre en llamas se le apareció del otro lado; vista de tan cerca era una cabeza picada de viruela y tenía la misma emotividad de los flanes bien hechos. Mlle. Dargère atribuyó el arrebato de su cara a las quemaduras del sol que se derraman en líquidos hirvientes sobre las pieles finas. Se puso compresas de óleo calcáreo, pero la imagen de la cabeza en llamas se había radicado en el espejo.

El corredor ancho de sol

Se sintió enferma el día de su convalecencia. Ya no oía los ruidos inusitados del alba: el carrito del lechero, las cortinas metálicas de las tiendas, los tranvías solitarios que no se detienen a esa hora en las esquinas.

El día estaba ya viejo en las ventanas de su cuarto cuando se despertaba y oía los ruidos de la mañana. La casa donde vivía quedaba sobre la pendiente de una calle empedrada que aceleraba los autos con cambios de velocidad, y esos cambios de velocidad le recordaban un hotel de Francia situado al pie de una montaña en donde había pasado protestando los días que ahora le parecían más felices de su vida. El hotel estaba rodeado de lambercianas y las piñas amontonadas en las ramas eran redondas y grises como muchos pájaros juntitos. Era un paisaje parecido a los paisajes de la provincia de aquí, pero donde las plantas eran menos fragantes y sin espinas, como los pescados preparados por un cocinero hábil. En las provincias existían plantas de olores extraordinarios: recordaba una planta con olor a sartén venenosa, otra con olor a piso recién encerado, otra con olor a guaranga.

Estaba sentada contra la ventana, con la frente apoyada sobre el vidrio que temblaba masajes eléctricos cada vez que pasaba por la calle un carro de tres o cuatro caballos. No podía hacer el gesto de cambiar de postura, porque entre cada postura había que hacer un salto mortal que ponía en movimiento giratorio de terremoto todos los muebles y cuadros del cuarto... Su cuerpo se había distanciado de ella y sus ojos se disolvían como si fueran de azúcar, en un punto fijo indefinidamente vago y rodeado como un cielo de estrellas.

La aliviaba pensar en un corredor muy ancho de sol, donde una vez se había estirado en un sillón de mimbre blanco. Era una casa rosada en forma de herradura. Tres corredores rodeaban un patio de pasto lleno de flores de agapanto muy azules o muy violetas, según el color de la pared contra la cual se apoyaban entre los arcos de un croquet abandonado. Ella sentía que había nacido en esa casa repleta de silencio donde andaba por el campo en una americana con un caballo empacado y enfurecido de galopes en las vueltas de los caminos. Había nacido en esa casa, aunque solamente la hubieran invitado por un día. Conocía la casa de memoria antes de haber entrado en ella, la hubiera podido dibujar con la misma facilidad con la cual había dibujado, un día, en un cuaderno la cara de su novio antes de conocerlo. Recordaba como un recuerdo anterior a su vida, que en medio de una inmensa inconsciencia había tenido que atravesar días de angustias antes de llegar hasta ese rostro donde había encerrado su cariño, hasta ese corredor tan ancho de sol. Volvió a pensar en el hotel de Francia, porque el *linoleum* del cuarto de baño del hotel era igual al de aquella casa de campo. Movió blandamente sus grandes brazos de nadadora, y sus manos buscaban un libro sobre la mesa. Hubiera podido nadar, porque nadando se va acostado sobre colchones espesos de agua, y el sol la hubiera sanado, pero los árboles estaban desnudos contra el cielo gris y los toldos de las ventanas volaban el viento. Era inútil que sus manos tomaran el libro. Por la puerta entreabierta se oyeron cantos de cucharas y platos que anunciaban la llegada de una sopa de tapioca en una bandeja con estrellitas y con gusto a infancia.

Nocturno

Juan Pack duerme. Todas las noches al despedirse de su novia y antes de irse de la casa inspeccionaba el enorme armario del dormitorio, en busca de ladrones. Nunca se quedaba tranquilo, siempre había el mismo ruido inusitado detrás de las puertas en las persianas mal cerradas. Las cañerías de la casa hacían gárgaras y sonidos de tripas gigantes en los pisos altos. Los trenes cercanos desparramaban distancias líquidas, jadeantes, y se interponían como puertas translúcidas delante de los otros ruidos. Juan Pack duerme con una invisible raqueta en la mano. Un partido de tennis luminoso dividía en dos el transcurso del día obscuro de oficina, bañándolo ahora de un sueño blando de infancia. Los sábados eran días de jugar al tennis, las noches del sábado eran noches de dormir como un niño.

La novia de Pack duerme en una casa alta de ocho pisos, rodeada de un mar de ruidos crecientes en la noche con ese armario grande en el dormitorio, donde se reunían vestidos, abrigos de invierno y verano, grandes sombreros azules de paja con cintas blancas y rojas. No hay ningún ladrón dentro del armario, las anchas espaldas de las perchas en filas apretadas desfilaban de día y de noche. Sólo un vestido es distinto de los otros, distinto de medida y de forma; es blanco con nidos de abeja en el ruedo, en los puños, en las mangas. Era el vestido cosido para una fiesta por Eulalia, era el vestido cosido y cortado por Eulalia hace diez años, cuando la novia de Pack pesaba quince kilos menos, tenía dieciséis años y no tenía ningún novio. Un anillo ancho ceñía su dedo izquierdo, un anillo sacado en una torta de boda o en un *cracker* el día del casamiento de una de sus primas.

Entonces recordaba que había tenido que cruzar por casamientos como por muertes; primero fueron las hermanas, después las amigas, que dejaban las casas vacías al irse. No había creído nunca que llevaría otro traje de novia, a no ser el que le hacía el tul del mosquitero, tan lindo al levantarse por las mañanas, sobre su cabeza, en el espejo. Relegada bien al fondo de su infancia, veía todavía pasar los coches iluminados, con dos novios mellizos y tiesos expuestos en vidriera: un ramo de flores blancas en la mano como florero inmóvil sobre una mesa. Se oía todavía gritar: "Matilde", "Matilde", tirando el velo de novia de su hermana mayor el día del casamiento. Pero Matilde, distante y fría aunque bañada en lágrimas, abrazaba parientes y amigas con las mejillas estampadas de bocas rojas; resistía los tirones del velo como si se hubiera enganchado en una puerta y no en las manos suplicantes de su hermana. Y sin embargo todas las noches habían dormido de la mano y con las camas juntas.

Vivían entonces en Lomas de Zamora, una casa con corredores lustrosos y sillas trenzadas de paja, macizos de amapolas y centauras muy azules rodeaban el jardín. Eulalia era costurera, ama de llaves, de muchas llaves, y tenía tiempo a veces de regar las flores y el pasto. Sobrevino la venta de la casa; había que instalarse en un departamento en el centro; nadie en la familia deseaba mudarse pero obedecieron como a un mandato invisible. "Lomas de Zamora queda muy distante para las chicas, ahora que empiezan a ser grandes", repetían el padre y la madre, despidiéndose de la casa. La mudanza fue penosa. Seis carros no alcanzaron para llevar los muebles; los demás se vendieron en remate.

Al pasar por la casa poco después vieron enarbolar un cartel que decía: "Edificio para el Colegio de la Inmaculada Concepción", lo leyeron de reojo, con miedo de que, visto de frente, les lastimara la vista. Pero Lucía salvaba su vestido blanco adornado con nidos de abeja: en los pliegues era seguro que llevaba las amapolas del jardín, las sillitas verdes de fierro, las cuatro palmeras y las siestas estiradas en los cuartos húmedos de la casa vieja.

Lucía Treming sueña dentro del armario vestida hace diez años con el vestido blanco; abre las ventanas de la casa de Lomas de Zamora; a través de la reja pasa un muchacho alto: es Juan Pack, pero no se conocen, pasa el límite de la reja sin darse vuelta y ella, sintiéndose anémica, se sienta en las sillitas verdes de fierro y espera que vuelva a pasar ese muchacho alto y desconocido que toda la vida le prodigará sonrisas; la hija de Eulalia corre por el jardín, con una red de cazar mariposas aprisiona la cabeza de Lucía y la encierra sin luz debajo de la red; su novio la llama desde lejos sin verla —no se conocen, se miran siempre de lejos.

Pack sueña en el jardín muy grande de su casa de campo; hay una cancha de tennis recién regada, sin red; llama al jardinero: "¿Dónde está la red del tennis?" —"Señor, la red se ha perdido, pero hay una bromelia detrás del motor de ochenta y cinco caballos"; entra en la oficina, busca la red en los cajones del escritorio, no la encuentra; entra al cuarto de Lucía que está durmiendo, abre el enorme armario, por entre los vestidos se abre paso y camina, camina. No hay vestidos ni cintas ni sombreros, una enorme red de tennis tejida con telarañas se pega en sus manos desplegándose infinitamente —"Lucía, Lucía, tus vestidos se han perdido todos. Tus vestidos sueltos corren y corren por el cuarto."

Dentro de ese armario hay un misterio permanente que Pack trata de dilucidar: es el cuartito de guardar plumeros donde se escondían de chicos jugando "a la operación de apendicitis", "al cuarto obscuro".

El miedo, cuidadosamente guardado, se asoma con cara de ladrón, lo agarra de la mano, le sonríe grande y adulto como un monstruo.

Extraña visita

Antes almorzaba en una mesita chica en el antecomedor y ahora tenía permiso de almorzar en la mesa grande. Por entre las conversaciones los ojos de Leonor se abrían paso hasta las ventanas en busca de un pedazo de cielo azul enteramente cubierto, ahora, por las nubes. Iba a llover y hacía mucho tiempo que esperaba aquel día, porque le habían prometido llevarla de visita a una casa que estaba en las afueras, adonde la habían llevado una sola vez. Allí vivía un señor muy alto como aislado del mundo por su altura. Era un amigo del padre de Leonor, que tenía una hija, dos mucamas y un jardinero viviendo en una casa chiquita, con una escalera de caracol. En el jardín había una fuente en miniatura con dos tritones anudados que echaban agua por la boca, una palmera achatada contra la pared de la casa de al lado y cuatro rosales en filas dobles de cada lado del camino. Elena tenía el pelo increíblemente negro, pero la cara tan transparente que se le había borrado; no quedaba más que el moño blanco, muy bien hecho, de su pelo y el vestido con cinco alforzas entre las cuales se enganchaban los ojos de Leonor.

Habían explorado la casa y lo único que abundaba eran los recovecos. Habían subido hasta la azotea desde la que se veían vivir las casas vecinas en cortejos de ropas tendidas al sol. Se habían escondido debajo de la escalera y se habían cansado de que nadie las buscara. Se habían asomado a la ventana del escritorio del piso bajo en donde dos señores hablaban, dos señores con las caras severas de sus padres, dos señores ahogados en seriedad de cuello duro y olor a cigarro. Leonor, conteniendo su risa, apretaba la nariz contra el vidrio frío y sus ojos tenían que atravesar el paisaje de una cortina blanca y de una Diana Cazadora para llegar hasta su padre que estaba sentado en un sofá de cuero marrón. Leonor vio que del bolsillo sacó el ancho pañuelo con que se secaba la frente los días de mucho calor, pero hacía frío en ese cuarto. Su padre no se había quitado el sobretodo, y sin embargo, con el mismo gesto de secarse la frente los días de mucho calor, se pasaba el pañuelo hasta llegar a la altura de los ojos, en donde se detuvo como alguien que llora. Un ruido de máquina de coser envolvía la casa haciéndole un ruedo de silencio y se oía apenas el quejido que deben de hacer las lágrimas para atravesar los ojos cerrados. El padre de Elena se levantó y corrió el store de la ventana. Después de un rato volvieron a crecer las voces como antes. Elena tomó la mano de Leonor, que tenía miedo, y caminaron hasta el cuarto de juguetes como si tuviesen la orden de jugar; pero no jugaron. Elena le regaló una medallita que se le perdió tres veces en el suelo al sacarla del cajón. Se despidieron sin mirarse, con un beso que buscaba mejillas al lado de las mejillas, sobre el aire.

En el automóvil, de vuelta, su padre la retó dos veces, y Leonor ya no creyó que hubiera llorado. Por el costado de los ojos había visto la dureza de la frente arrugada y no podía conciliar las dos imágenes, una vista a través del paisaje lejano de la cortina, la otra tan cerca y en una región remota adonde lo llevaba su mal humor, sentado en el asiento de un automóvil.

Leonor pensaba en Elena. La mesa se llenaba de risa a la hora del postre. El cielo estaba cada vez más negro, y caía una lluvia finita de azúcar en polvo. Leonor vio que su padre sacudía la cabeza pensando que no irían a la casa de Elena ese día, y sentía que un océano grande como el que le enseñaban en los mapas la tenía alejada del rostro que quería alcanzar, y que se le había borrado, de Elena.

La calle Sarandí

No tengo el recuerdo de otras tardes más que de esas tardes de otoño que han quedado presas tapándome las otras. Los jardines y las casas adquirían aspectos de mudanza, había invisibles baúles flotando en el aire y presencias de forros blancos empezaban ya a nacer sobre los muebles obscuros de los cuartos. Solamente las casas más modestas se salvaban de las despedidas invernales. Eran tardes frescas y los últimos rayos del sol amarillo, de este mismo rosado-amarillo, envolvían los árboles de la calle Sarandí, cuando yo era chica y me mandaban al almacén a comprar arroz, azúcar o sal. El miedo de perder algo me cerraba las manos herméticamente sobre las hojas que arrancaba de los cercos; al cabo de un rato creía llevar un mensaje misterioso, una fortuna en esa hoja arrugada y con olor a pasto dentro del calor de mi mano. En la mitad del trayecto, de la casa donde vivíamos al almacén, un hombre se asomaba, siempre en mangas de camisa y decía palabras pegajosas, persiguiendo mis piernas desnudas con una ramita de sauce, de espantar mosquitos. Ese hombre formaba parte de las casas, estaba siempre allí como un escalón o como una reja. A veces yo doblaba por otro camino dando una vuelta larguísima por el borde del río, pero las crecientes me impedían muchas veces pasar, y el camino directo se volvía inevitable. Mis hermanas eran seis, algunas se fueron casando, otras se fueron muriendo de extrañas enfermedades. Después de vivir varios meses en cama se levantaban como si fuera de un largo viaje entre bosques de espinas; volvían demacradas y cubiertas de moretones muy azules. Mi salud me llenaba de obligaciones hacia ellas y hacia la casa.

Los árboles de la calle Sarandí se cubrían de oleajes con el viento. El hombre asomado a la puerta de su casa escondía en el rostro torcido un invisible cuchillo que me hacía sonreírle de miedo y que me obligaba a pasar por la misma vereda de su casa con lentitud de pesadilla.

Una tarde más obscura y más entrada en invierno que las otras, el hombre ya no estaba en el camino. De una de las ventanas surgió una voz enmascarada por la distancia, persiguiéndome, no me di vuelta pero sentí que alguien me corría y que me agarraban del cuello dirigiendo mis pasos inmóviles adentro de una casa envuelta en humo y en telarañas grises. Había una cama de fierro en medio del cuarto y un despertador que marcaba las cinco y media. El hombre estaba detrás de mí, la sombra que proyectaba se agrandaba sobre el piso, subía hasta el techo y terminaba en una cabeza chiquita envuelta en telarañas. No quise ver más nada y me encerré en el cuartito obscuro de mis dos manos, hasta que llamó el despertador. Las horas habían pasado en puntas de pie. Una respiración blanda de sueño invadía el silencio; en torno de la lámpara de kerosene caían lentas gotas de mariposas muertas cuando por las ventanas de mis dedos vi la quietud del cuarto y los anchos zapatos desabrochados sobre el borde de la cama. Me quedaba el horror de la calle para atravesar. Salí corriendo desanudando mis manos; volteé una silla trenzada del color del alba. Nadie me oyó.

Desde aquel día no volví a ver más a aquel hombre, la casa se transformó en una relojería con un vendedor que tenía un ojo de vidrio. Mis hermanas se fueron yendo o desapareciendo junto con mi madre. A fuerza de lavar el piso y la ropa, a fuerza de remendar las medias, el destino se apoderó de mi casa sin que yo me diera cuenta, llevándoselo todo, menos el hijo de mi hermana mayor. No quedaba nada de ellas, salvo algunas medias y camisones remendados y una fotografía de mi padre, rodeado de una familia enana y desconocida.

Ahora en este espejo roto reconozco todavía la forma de las trenzas que aprendí a hacerme de chica, gruesa arriba y finita abajo como los troncos de los palos borrachos. La cabeza de mi infancia fue siempre una cabeza blanca de viejita. Mi frente de ahora está cruzada por surcos, como un camino por donde han pasado muchas ruedas, tantas fueron las muecas que le hice al sol.

Reconozco esta frente nunca lisa, pero ya no conozco al chico de mi hermana, era tierno y lo creí para siempre un recién nacido cuando me lo dieron todo envuelto en una pañoleta de franela celeste porque era un varón. Me despertaba por las mañanas con una risa de globitos bañada de aguas muy claras y su llanto me bendecía las noches.

Pero la ropa que me entregaban algunas familias para lavar o para coser, las vainillas de los manteles, las costuras, invadían mis días mientras que el chico de mi hermana gateaba, aprendía a caminar e iba a la escuela. No me di cuenta de que su voz se había desbarrancado de una manera vertiginosa a los dieciséis años, como la voz de ese compañero de colegio que le ayudaba a hacer los deberes. No me di cuenta hasta el día en que pronunció un discurso ensayándose para una fiesta en el colegio; hasta entonces había creído que esa voz obscura salía de la radio de al lado.

Cuántas vainillas habré hecho, vainillas de manteles y vainillas de bizcochuelo (pues no puedo desperdiciar la oportunidad de cocinar algunos bizcochuelos o dulces para vender de vez en cuando), cuántos ruedos y dobladillos habré cosido, cuánta espuma blanca habré batido lavando la ropa y los pisos. No quiero ver más nada. Este hijo que fue casi mío, tiene la voz desconocida que brota de una radio. Estoy encerrada en el cuartito obscuro de mis manos y por la ventana de mis dedos veo los zapatos de un hombre en el borde de la cama. Ese hijo fue casi mío, esa voz recitando un discurso político debe de ser, en la radio vecina, el hombre con la rama de sauce de espantar mosquitos. Y esa cuna vacía, tejida de fierro…

Cierro las ventanas, aprieto mis ojos y veo azul, verde, rojo, amarillo, violeta, blanco, blanco. La espuma blanca, el azul. Así será la muerte cuando me arranque del cuartito de mis manos.

El vendedor de estatuas

Para llegar hasta el comedor, había que atravesar hileras de puertas que daban sobre un corredor estrechísimo y frío, con paredes recubiertas de algunas plantas verdes que encuadraban la puerta del excusado.

En el comedor había manteles muy manchados y sillas de Viena donde se habían sentado muchas mujeres y profesores gordos.

Mme. Renard, la dueña de la pensión, recorría el corredor golpeando las manos y contemplaba a los pensionistas a la hora de las comidas. Había un profesor de griego que miraba fijamente, con miedo de caerse, el centro de la mesa; había un jugador de ajedrez; un ciclista; había también un vendedor de estatuas y una comisionista de puntillas, acariciando siempre con manos de ciega las puntas del mantel. Un chico de siete años corría de mesa en mesa, hasta que se detuvo en la del vendedor de estatuas. No era un chico travieso, y sin embargo una secreta enemistad los unía. Para el vendedor de estatuas aun el beso de un chico era una travesura peligrosa; les tenía el mismo miedo que se les tiene a los payasos y a las mascaritas.

En un corralón de al lado el vendedor de estatuas tenía su taller. Grandes letras anunciaban sobre la puerta de entrada: "Octaviano Crivellini. Copias de estatuas de jardines europeos, de cementerios y de salones"; y ahí estaba un batallón de estatuas temibles para los compradores que no sabían elegir. Había mandado construir una pequeña habitación para poder vivir confortablemente. Mientras tanto vivía en la casa de pensión de al lado y antes de dormirse les decía disimuladamente buenas noches a las estatuas.

Sentado en la mesa del comedor Octaviano Crivellini era un hombre devorado de angustias. Estaba delante de los fiambres desganado y triste, repitiendo: "No tengo que preocuparme por estas cosas", "No tengo que preocuparme por estas cosas". El chico de siete años se alojaba detrás de la silla y con perversidad malabarista le daba pequeñas patadas invisibles, y esta escena se repetía diariamente; pero eso no era todo. Las patadas invisibles a la hora de las comidas, las hubiera podido soportar como picaduras de mosquitos de otoño, terribles y tolerables porque existe el descanso del mosquitero por la noche, las piezas sin luz y el alambre tejido en las ventanas, pero las diversas molestias que ocasionaba Tirso, el chico de siete años, eran constantes y sin descanso. No había adónde acudir para librarse de él. Debía de tener una madre anónima, un padre aterrorizado que nadie se atrevía a interpelar.

Hacía ya una semana de aquella noche en que se había escapado de la casa detrás de él. Sin duda lo había visto repartir besos con un movimiento habitual de limpieza sobre las cabezas de yeso que se movían en la noche con frialdad de estrella. Tirso se rió destempladamente y cabalgó sobre un león con melena suelta y abultada. La luna hacía de la tierra un lago relleno de sombras donde lloraban ángeles de cementerio, alguna Venus de ojos vacíos, alguna Diana Cazadora corriendo contra el viento, algún busto de Sócrates. Octaviano, al ver a Tirso cabalgando sobre uno de sus leones preferidos, abrevió rápidamente su despedida nocturna y se fue abrumado de vergüenza y terror. Tirso, creyendo que el vendedor inmóvil de estatuas no lo había visto, sintió que tenía un poder prodigioso de invisibilidad, y volvió a acostarse en puntas de pie con la sensación de haber presenciado un milagro. Desde ese día todas las noches lo había seguido hasta el corralón, se había familiarizado con las estatuas, con las manos y los pies de yeso guardados en los armarios, con los perros blancos. Octaviano en cambio se había distanciado de sus estatuas, las limpiaba ahora con escasas caricias delante del chico. Tirso empezó a cansarse de ese don de invisibilidad del que gozaba desde hacía poco tiempo. El jugador de ajedrez le había hablado dos o tres veces. El ciclista le había dado un caramelo. La comisionista le había probado un cuello de puntillas, confundiéndolo con una chica, un día que llevaba un delantal, pero el vendedor de estatuas no le hablaba.

Cuando terminaron de comer, Octaviano se levantó como un chico en penitencia, sin postre —él, que hubiera deseado que Tirso se quedara sin postre. Se ató un pañuelo alrededor del pescuezo y salió como de costumbre. Tirso lo siguió. Empezaba a grabar su nombre con tiza colorada en las estatuas y Octaviano creía enloquecer de pena. Tirso lo desalojaba, le robaba su tranquilidad, lo asesinaba subterráneamente, y Tirso era inconmovible e independiente como lo son raras veces los grandes criminales. Cuando volvió a acostarse, al querer cerrar la puerta de su cuarto sintió una fuerza de gigante que la retenía; hizo tentativas inútiles por cerrarla, hasta que de pronto, inesperadamen-

te, se le vino encima, aplastándole casi el brazo. Pocos
minutos después la puerta volvió a abrirse. No era ne-
cesario ver quién abría la puerta con esa fuerza, no podía ser sino Tirso; y esta escena, como las otras, se re-
pitió todas las noches. Las primeras veces trató de
juntar toda su fuerza en los ojos al clavarlos sobre Tirso, pero los ojos de Tirso eran duros como paredes
metálicas. Tenía unos ojos que nunca debían de haber
llorado, y solamente matándolo se lo podía quizá las-
timar un poco.

En el fondo del corralón había un gran armario donde el hombre desesperado se refugió una noche. Tirso,
al ver que no estaba allí el vendedor de estatuas, se fue
decepcionado. Pero persistió en sus cabalgatas noctur-
nas. Empezó a notar que sus actos eran tan invisibles como su cuerpo: los nombres que había grabado en las estatuas, no los encontraba nunca la noche siguiente; por
eso sacó su cortaplumas para grabarlos, como en los árboles, de una manera más segura.

Una noche llena de perros que ladraban a la luna, el
vendedor de estatuas se retiró más temprano que de
costumbre en el refugio del armario. Tirso no se resol-
vía a bajarse de encima del león, pero al fin empezó a
trotar en círculos y semicírculos enloquecidos, arrastrando un ruido de fierros oxidados por el suelo. El vendedor de estatuas después de un rato no oyó más nada;
el silencio y el bienestar habían entrado de nuevo en la
noche circundante. Iba a salirse del armario cuando oyó
dar a la llave dos vueltas que lo encerraban.

Quedaba poco aire respirable, quizás alcanzaría para unas horas de vida; sintió desfilar todas las estatuas
que había vendido y que no había vendido a lo largo de
su existencia. Un ángel de cementerio estaba cerca de él

y le indicaba el camino al cielo. Llevaba un nombre grabado sobre la frente. Tuvo miedo: sacó el pañuelo y bo-
rró largamente el nombre en la obscuridad del armario
donde se acababan las últimas gotas de aire y de luz que
todavía le permitían vivir.

.

Día de santo

Era el día de su santo y era un día como todos los demás. Un vals brotaba en ondas, de la casa de al lado; no era la radio, debía de ser alguien que estudiaba piano siguiendo las notas sobre una música salpicada de indecisiones. Y era cada día ese mismo vals nunca aprendido que se asomaba por las persianas y se filtraba por las paredes de la casa vecina. Esa música se extendía muy lejos desde el día de su nacimiento y se repetía cada año en un día de santo huérfano de regalos. El mes pasado Fulgencia la había invitado para su cumpleaños; había regalos tan abundantes que hubieran podido llenar la vidriera de una juguetería. Celinita estaba con botines nuevos; extrañaba sus pies desnudos de todos los días que corrían como dos palomas sobre las baldosas floreadas —dos palomas asustadas y resbaladizas sobre el piso encerado de los cuartos.

Había muchas visitas, muchas primas, muchas señoras sentadas en las sillas viendo jugar las chicas como en un teatro, pero Fulgencia prefería jugar sola y sin juguetes con Celinita, porque ella sola llevaba en la frente un nimbo lacio de pobreza, porque sabía subirse sobre los árboles mejor que nadie, y porque vivía en una casa vieja y despintada, con plantas verdes en el techo. Las personas grandes habían conspirado ese día para hacer llorar a las chicas si no jugaban con bastante entusiasmo o si estaban avergonzadas.

Fulgencia hubiera imaginado una fiesta distinta, jugando como con nieve con el barro del Tigre, haciendo moldes de pescados o de magdalenas polvoreadas con tierra seca. Solamente en el Tigre podía realizarse ese sueño; allí en esa quinta llamada Las Glicinas porque llovían cascadas de glicinas en los embarcaderos. En esa quinta había nacido. La casa tenía cuartos de baño decorados con paisajes, enormes bañaderas tapizadas de madera, como confesionarios, donde se escondían de noche las arañas. Ventanitas con vidrios irisados, donde el agua color elefante del Tigre se tornaba del color del mar. Las mareas aprisionaban frecuentemente la casa; esos días no llegaban ni maestras ni visitas, eran días seguros y largos, llenos de figuras iluminadas con lápices de colores. Los dragones azules, con las bocas abiertas para jugar al sapo, nadaban en el jardín. Habían ido juntas una sola vez a Las Glicinas. Por culpa de las mareas muchas veces, de la distancia otras veces, se volvían tan temibles y apreciados esos paseos al Tigre durante los meses de invierno.

Fulgencia era única hija, por eso sus padres la mataban de cuidados que transformados en penitencias involuntarias despertaban venganzas aviesas. Un día se había escondido detrás de un bote que navegaba la mayor parte del tiempo sobre el pasto contra una planta de bambú. Llevaba en los bolsillos una provisión de terrones de azúcar y galletitas Iris. La madre, la niñera y el jardinero la buscaban por el jardín y por la casa. La madre lloraba mirando las aguas marrones del Tigre: "¡Dónde está mi hija!" "¡Dónde está mi hija!". Escondida detrás del bote, Fulgencia oía todo. Su madre se arrodillaba sobre el pasto llorando, veía muerta a su hija flotando entre las frutas de los canales, con el pelo enredado de yuyos; la veía robada por un lanchero excursionista de los domingos; la veía secuestrada en un recreo bebiendo agua de los canales, muriéndose de tifus sin la ayuda de los termómetros y de los médicos.

Fulgencia apretaba los remos del bote, cómplice de su risa que iba disminuyendo. Ya no se atrevía a resucitar ante los ojos asombrados de su madre. La noche sobrevenía con canto de lanchas sobre el agua, con canto de grillos y de remos sobre el agua. Crecía un olor triste a barro mezclado con plantas húmedas y pescados: era el olor de la obscuridad, sonora de bagres, quizás, o de sapos que florecen a la hora de los mosquiteros. Ella sabía que su madre a esa hora soñaba con un paseo remoto en Venecia. Era la hora en que hablaba, con las visitas, de San Giorgio, de la Ca'D'oro, de Santa María Dell'Orto. Pero Venecia se hundía en la noche, devorada por las aguas negras del Tigre. Fulgencia se creyó perdida y después muerta en sus lágrimas; hizo movimientos ahogados entre las ramas de bambú hasta que la descubrió el jardinero. Celinita desde ese día había tratado en vano de reproducir la misma escena en su casa. Nadie la buscaba. Además la casa donde vivía era demasiado pequeña para permitirle esconderse y tenía demasiados hermanos para que se dieran cuenta de que ella faltaba.

Pero esta vez cumplía siete años, no se había querido esconder y sin embargo estaba perdida en su propia casa; nadie la veía, nadie la buscaba. Fulgencia se había olvidado de mandarla llamar para jugar con ella. Era el día de Santa Cecilia, y Santa Celina debía de ser una santa anónima que no figuraba en los libros de misa ni en el calendario. La madre remendaba un delantal a cuadros cuando corriendo por los corredores le llegó el nombre de su hija desde el zaguán. Suspiró de alivio; venían a buscarla para que jugara con Fulgencia.

Celinita salió corriendo. La otra casa quedaba a media cuadra. Lo primero que dijo cuando llegó fue: "Hoy es mi cumpleaños", y Fulgencia, subiendo los escalones que llevaban al cuarto de juguetes, contestó: "Bajemos al sótano, no hay nadie. ¿Es tu cumpleaños o tu santo? Si es tu santo, entonces no vale". Celinita no sabía, y se resignó a perder su cumpleaños para quedarse con la soledad del santo.

Bajaron al sótano; las ventanas daban sobre paisajes misteriosos de cables de ascensor, enrejados, plumeros y botellas rotas, baúles llenos de grandes polleras, de cortinas gigantes. Crecía una vegetación obscura y sin cielo de candelabros viejos, alambres tejidos y bolsas de leña como en los invernáculos abandonados del Tigre. Entre los pliegues de una cortina encontraron una muñeca sin ojos, una muñeca definitivamente nueva a fuerza de ser vieja, tiznada de golpes y desteñiduras, que se llevaron repartiéndosela en los brazos.

Al apagar la luz, el sótano se cubrió de un firmamento de pizarrón negro. Dos pupilas brillaban: las pupilas sueltas de la muñeca ciega volaban en busca de sus ojos. Fulgencia reconoció su muñeca preferida, la que tenía el pelo arrancado a fuerza de rulos y de lavados, la sonámbula de las noches que bajaba en el ascensor hasta el sótano y paseaba sus ojos por las ventanas vacías…

Diorama

Anudaba la última vuelta de su corbata delante del espejo, con la ventana abierta. Las voces de los chicos subían de la calle sumergidas dentro del mar de una playa lejana. Había mañanas en las cuales el mar se esperaba en la vuelta de los caminos detrás de las casas modernas con olor a casilla de baño. El ascensor bajaba más lentamente que de costumbre y la puerta daba lugar a quejas porque los portazos la incitaban a abrirse de nuevo.

En la puerta de la calle, esa gran chapa lo llenaba de asombro; esa chapa que llevaba un nombre desconocido: Afranio Mármol, Médico. No se acostumbraba todavía a ver ese nombre, así expuesto, como un cartel insistente de alquiler. Hasta hacía dos meses había sido un médico anónimo sin consultorio; ahora su casa se había convertido en una sala de espera con olor a vendas, con estatuas de bronce, millares de revistas viejas, almohadones bordados con pastores y mariposas sobre un fondo negro atravesado de hilos de oro, floreros con penachos de flores monstruosas. Había soñado con un consultorio moderno y claro, pero la fatalidad había intervenido; todo lo que sobraba en casa de su madre habían ido mandándoselo como a un cajón de basura. Así habían ido apilándose los muebles inservibles y viejos en las salas donde esperaban los enfermos envueltos en tinieblas de impaciencia, elaborando enfermedades. Esa sala de espera lo hubiera asustado de chico como las salas de los dentistas. Los médicos lo habían perseguido durante su infancia, los médicos armados de termómetros, los médicos que tosen cuando firman las recetas, los médicos que golpean los dedos como tambores sobre las barrigas. Ahora eran los enfermos quienes lo perseguían; las hojas de los árboles movidas por el viento eran manos de pacientes atravesadas de venas; las mujeres que se cruzaban con él por la calle eran figuras descarnadas y luminosas, en donde había estudiado anatomía; mapas atravesados de pulmones azules y venas ramificadas, centros nerviosos rojos, recorridos de relámpagos delgados.

La mañana estaba translúcida como en el borde del mar; brotaba de las plazas olor a pasto recién cortado, pero no respiraba sino el aire con olor a cloroformo de los hospitales y de la morgue detrás de vidrios violetas y de frascos rojos, entre sonoridades de tapones y tenazas.

A veces evocaba el campo sembrado de anchos potreros de alfalfa: era en la estancia de unos parientes de su madre, donde había ido a descansar hacía diez años. A lo largo de su vida había cruzado por túneles obscuros de tristeza, con ideas fugitivas de suicidio que habían desembocado en ese campo con potreros de alfalfa. Recordaba mañanas felices como ninguna, sin otro motivo de ser feliz que la transparencia del cielo. Recordó durante mucho tiempo su soledad de entonces como una novia de quien se evoca el recuerdo, en el disco de un fonógrafo o en un perfume. Una novia con olor a pasto recién cortado, cubierta de horizonte y de cantos.

Se creyó curado, allí en esa estancia, gracias al zumbido de las abejas y de los insectos que tejían sobre la copa más alta de los árboles, enrejados azules y sedantes, junto con las palomas torcazas. Pero en cuanto volvió a la ciudad las ideas suicidas se instalaron de nuevo en su cuerpo. Fue entonces cuando se dedicó a la medicina y fueron los enfermos los que lo salvaron.

Volvía de las consultas de los hospitales como de un baño de sol.

Había caminado tres cuadras, llamó un taxímetro. Pensaba que su mujer le recomendaba caminar. Ese "No haces ejercicio", "No haces ejercicio" con el cual lo despedía todas las mañanas, le había quedado en el oído como el fastidioso vuelo de una mosca que lo cansaba de antemano. Subió al taxímetro, tenía que estar a las doce en casa del paciente de la calle Tacuarí. Lo habían llamado por teléfono hacía cinco días, le habían pedido que fuese a casa del enfermo; un golpe en la rodilla le impedía moverse. Ese hombre lo había citado a las seis de la tarde hacía cinco días. Cuando llegó a la casa el portero lo hizo pasar al vestíbulo y le dijo ceremoniosamente: "El señor no puede atenderlo, está con una señora y tenemos orden de no interrumpirlo". Tuvo que insistir y hasta que extrajo su tarjeta como un revólver el portero se mantuvo inconmovible. De uno de los cuartos llegaba la voz altísima de un hombre, pero la otra voz quizás hablaba en secreto porque no se oía. El portero golpeó la puerta ladeando la cabeza atenta a escuchar. Las palabras se dispersaron. La puerta se abrió, volvió a cerrarse, después de un instante volvió a abrirse para dejarlo pasar delante del brazo estirado del mucamo.

El dormitorio no tenía facciones, parecía un dormitorio de vidriera. El dueño de casa, delgado, alto, de ojos hundidos, le tendió la mano. Se quejaba de un dolor en el costado izquierdo. Se estiró sobre la cama, en mangas de camisa rayada y los dedos de Afranio Mármol empezaron a tocar el tambor sobre la barriga, el estómago y la espalda de aquel hombre pálido. Todavía no podía dar su diagnóstico; el hígado estaba inflamado, pero no era para alarmarse. Entonces, desviándose de las enfermedades cayeron en las confidencias. Esa mujer que estaba poco antes en el cuarto era su querida —lo venía a visitar todas las tardes desde hacía mucho tiempo—, no podía vivir con ella por razones sociales, pero venía a verlo todos los días, lo cuidaba maternalmente, le ponía cataplasmas; en ese momento seguramente los estaba espiando por la puerta de vidrio; levantaba despacito la cortina: "Doctor, mire, dése vuelta". Afranio Mármol se daba vuelta y no veía nada. "Es ella que ha arreglado las flores en ese florero", decía el hombre pálido levantándose de la cama y poniéndose el saco. Y así terminó la consulta aquel día.

El taxi llegaba a la calle Tacuarí, y el portero de tres días antes sonreía en la puerta un aire cómplice de visitas clandestinas. Esa vez lo hicieron pasar en seguida. Las persianas cerradas pesaban en torno de ese cuarto iluminado con luz eléctrica a las doce del día; no parecía el mismo cuarto de la vez anterior; el papel floreado que cubría las paredes se había oscurecido de manchas, los muebles de vidriera no estaban tan flamantes. Un olor fuertísimo a encerrado y a manchas de humedad le hacían insensiblemente mirar el techo en busca de goteras. El paciente estaba en segundo plano, había que sanar primero el cuarto para después cuidarlo a él: "Señor, ¿por qué no abre las ventanas?" se sintió fastidioso como cuando a él le decían: "Tenés que hacer ejercicio".

El enfermo le contestó: "Doctor, es que le molesta el sol". "¿A quién le molesta el sol?" "A ella."

El hígado estaba descongestionado, pero los dolores seguían; se habló de radiografías, de aplicaciones eléctricas, para luego caer en las inevitables confidencias. Se trataba de una mujer casada. Los domingos y los sábados eran días dedicados a pasear con el marido, eran días mortales. Pero hoy, ¿qué día era? "No sé en qué día vivo", dijo Afranio Mármol. El enfermo frunció las cejas: eran malos precedentes para un médico. Pero la mujer cantaba maravillosamente: "¿No la oye, doctor? ¿No encuentra que tiene una voz privilegiada?" El silencio dobladillaba la casa, no pasaban coches por la calle. "No oigo nada", dijo Afranio Mármol. "Ha estudiado en un conservatorio y ahora canta en las iglesias de campo, los domingos. Escuche las notas altas." El silencio hacía crujir los muebles. Pasaron al escritorio, y esta vez el médico, recobrando su tos de médico, sentado frente a una mesa levantó la cabeza del águila del tintero, tomó la pluma y escribió lentamente la receta. En ese momento el dueño de casa dio un grito: "Venga, doctor, mi mujer no se siente bien", y corriendo lo hizo entrar a otro cuarto tapizado de rojo. La cama era grande y labrada con una espesa colcha verde. El hombre se arrodilló mirando ávidamente la almohada vacía, y después incorporándose le dijo: "Doctor, esto no será nada, ¿verdad? Hágame el favor de auscultarla". Afranio Mármol pasó las manos sobre la cama y contestó: "No, no es nada, no se aflija, no es nada". Inclinó la cabeza sobre la almohada buscando el corazón de la mujer hasta que el hombre se quedara tranquilo.

El Pabellón de los Lagos

Debía de ser en el principio del verano, cuando los paseos se hacían más densos y más largos. Aquel día tenía una amiga nueva de la misma edad que ella; se habían hecho amigas a través de las risas que aumentaban en circunferencias cada vez mayores, como sobre el agua las circunferencias provocadas por las piedritas que tiraban en el lago de Palermo. Catalinita tenía una niñera buenísima porque le gustaba conversar con las otras niñeras; las desobediencias pasaban sin notarse a través de largas conversaciones que le hacían mover los ojos de derecha a izquierda vertiginosamente y que no le dejaban ver nada, salvo el placer de sus conversaciones; saboreaba sus palabras con un ruidito de lengua contra el paladar. Cuando concluía de conversar parecía que acababa de comer algún plato delicioso. Catalinita insensiblemente buscaba el paquete de caramelos que seguramente llevaba el bolsillo de su niñera.

Catalinita jugaba frente al Pabellón de los Lagos. Era un pabellón milagroso adonde la llevaban cuando se había portado excepcionalmente bien, y entraba siempre como a una iglesia, con ganas de persignarse. Dentro de una caja de vidrio había una equilibrista rubia que bailaba sobre una cuerda floja. Bastaba poner diez centavos y la música era tan irresistible que la muñeca empezaba a bailar; estaba vestida con un vestido de tul blanco salpicado de espejitos que temblaban en cada uno de sus movimientos. Había también una gallina de oro que por veinte centavos ponía huevos floreados llenos de confites que nunca se comían.

Cuando Teresa, la nueva amiga, conoció por primera vez el Pabellón de los Lagos Catalinita también lo conoció, doblemente, por primera vez; sus ojos se llenaron del asombro de Teresa delante de la equilibrista que bailaba mejor que nunca. Tres veces la hicieron bailar, hasta que se acabaron las monedas de diez centavos; quedaba una de veinte para la gallina de oro. Catalinita adoraba tanto los zapatitos y el pelo suelto y lacio de Teresa, que le regaló el huevo divino, sintiendo crecer en ella la cara de una santa.

Y ese día salieron del Pabellón de los Lagos con las dos cabezas vueltas hacia atrás, mirando en el fondo de los vidrios a la equilibrista desaparecida para siempre.

El lago era encantado en la época en que existía el Pabellón de los Lagos, tan encantado que en las orillas del agua debajo de una palmera encontraron un caracol o una piedra preciosa. Catalinita dio un grito y las dos se sentaron en el suelo con los ojos en la maravilla del descubrimiento; se habían olvidado de la inalcanzable felicidad de los paseos en bote. El agua que llenaba el lago venía entonces de un mar lejano y desconocido, como el que hay en las playas de Biarritz; de tanto caminar, el agua se había embarrado los pies, pero no se había olvidado de traer piedras preciosas o caracoles verdes del color del mar. Catalinita apretó la piedra verde entre sus manos y se cortó la palma de la mano con el vidrio; gotitas de sangre redonditas como vaquitas de San José brotaban y se aplastaban contra el vestido blanco almidonado. Puso el caracol contra su oreja y oyó cantar el mar.

El mar

Era en un barrio de pescadores cerca del puerto; el caserío de latas grises brillaba en la tarde, cuando una mujer con la mano puesta como una visera sobre sus ojos resguardándolos del sol, miraba lejos sobre la extensión vacía de la playa. La playa en aquel lugar se asemejaba al mar; era undosa y reflejaba con transparencias de agua los cambios del cielo. Los tamariscos se encaminaban perpetuamente hacia el mar como lentas procesiones de bichos quemadores verdes.

La mujer mordía sus labios paspados. La playa, hasta donde llegaban sus ojos, estaba desierta. El cencerro de las vacas lecheras cruzaba el camino; era la vaca blanca la que llevaba el cencerro. La mujer dejó de morder sus labios; en el horizonte aparecieron dos diminutos puntos negros que aumentaban despacito; dos hombres venían caminando.

La mujer sabía quiénes eran esos hombres, sabía cómo estaban vestidos, sabía de memoria cuál era el botón descosido de la camisa de su hermano y el remiendo del pantalón de su marido; los veía venir desde muy lejos, el color de las bufandas flameaba detrás de ellos como banderitas en el viento. Después de inclinar la cabeza a un lado y a otro, dos o tres veces, como si ese movimiento atestiguara el regreso de los dos hombres, entró en la casa. Esa casa se diferenciaba de las otras porque tenía un jardincito muy pequeño, con canteros de flores rodeados de piedras y caracoles y un columpio colgado entre dos postes gruesos de madera.

Todos los chicos de las casas vecinas se columpiaban en ese jardín y por eso la llamaban "La Casa de las Hamacas".

La cocina estaba llena de humo, las paredes chorreaban negrura de carbón, pero todo estaba en perfecto orden como en un cuarto recién blanqueado, mientras la mujer cocinaba.

Por el camino de tierra venían acercándose los dos hombres; el más alto era de tez más obscura, con los ojos asimétricos, el otro tenía los ojos grises muy hundidos; a uno lo había obscurecido el sol, al otro lo había iluminado como a un campo de trigo. La puerta permanecía entreabierta; entraron derecho a la cocina; la mesa estaba puesta. Después de quitarse los abrigos se sentaron frente a la mesa; la mujer iba y venía, retiraba la olla del fuego, buscaba sal en los estantes, hasta que todo estuvo listo y trajo la fuente, la depositó sobre la mesa y se sentó entre los dos hombres. No hablaban, se oía solamente el ruido de los cubiertos contra los platos, ruido de mandíbulas y dientes en el silencio.

Después de un rato el hombre obscuro habló: hablaba de las lanchas pescadoras; nombres de pescados plateados relumbraban sobre la mesa. La mujer protestó: no traían nunca nada, ninguna brótola, ninguna corvina negra, todo lo vendían, y los pescados que sobraban los tiraban siempre al mar. El hombre rubio se reía: el pescado era comida para gatos; en cuanto a él, prefería morirse de hambre antes de probar un calamar o un langostín. El otro hombre escupió contra el suelo: a él le era lo mismo con tal de comer algo, lo mismo la perdiz que el pejerrey, la carne de vaca o el caballo. Sobrevino el silencio, abrieron la puerta y vieron que era una noche sin luna.

Después de lavar los platos, la mujer cansada se desvestía sentada sobre la cama, los hombres la miraban sin verla por la abertura de la puerta. Ella oía entre sueños las voces de los hombres que la llevaban por un camino larguísimo, al final del cual se quedaba dormida, meciendo la cuna del hijo.

Los dos hombres seguían sentados en la cocina. Fue recién a la una de la noche cuando salieron de la casa; llevaban un revólver, un farol, y un manojo de llaves. Elegían un mes antes la casa adonde entraban a robar. Rondaban varios días por los barrios, viendo a qué horas apagaban las luces, cómo eran las cerraduras, trataban de amigarse con los perros, y pedían algunas veces permiso al jardinero para beber agua en las canillas. Y después, sigilosamente elegían la noche más obscura.

Los dos hombres se pusieron los abrigos; esa noche se internaban por los caminos de las lomas que se alejaban del mar. Había que caminar más de cincuenta cuadras; las casas estaban sin luz; no había ningún viento; los hombres caminaban despacio. Caminaban entre matorrales cortando camino; tardaron más de una hora en llegar, la maleza subía en grandes olas y se rompía a la altura de las rodillas; de vez en cuando encendían el farol. Cuando estuvieron a unos veinte metros, el perro empezó a ladrar; saltaron por encima de la reja; el perro seguía ladrando; se acercaron hasta que los reconoció y se quedó quieto, acurrucado, desperezándose y moviendo la cola. Era una casa grande. Revisaron las persianas que daban sobre el corredor: estaban todas cerradas. En las partes laterales no había corredores; los dos hombres iban deslizándose pegados contra el muro y vieron que una de las persianas estaba abierta, una pequeña luz brillaba a través de la cortina, la ventana estaba también abierta de par en par. Se treparon despacio sobre un tanque de agua llovida por donde pudieron asomarse al cuarto. La luz estaba encendida. Frente a un espejo una mujer se probaba un traje de baño, se acercaba, se retiraba y se acercaba de nuevo al espejo como si ejecutara un baile misterioso. Se miraba de frente y de perfil. Uno de los dos hombres cerró los ojos.

La mujer se quitó el traje, tomó el camisón que estaba estirado sobre la cama y se lo puso, después dobló el traje de baño y lo dejó sobre la silla contra la ventana. Los dos hombres contenían sus respiraciones, no se movieron durante quizás media hora, hasta que la mujer se durmió.

Entonces uno de los hombres, agrandando el silencio, extendió el brazo y robó el traje de baño y una caja de cartón que estaba sobre la silla. Salieron corriendo; habían oído golpear una puerta. Caminaron largamente en las lomas, volvían desandando caminos defraudados por aquel robo en que no había intervenido la ganzúa ni el farol, en que no habían penetrado en el comedor eligiendo la platería, con el revólver apuntando a las puertas. Los dos sentían el perfume que emanaba del traje de baño, iban arrancando las hojas de los cercos hasta que llegaron a la casa.

Entraron golpeando las puertas y vieron de pronto, por primera vez, a la mujer durmiendo en el cuarto vecino; un hombro desnudo se asomaba por encima de la sábana.

Se durmieron con el canto de los pájaros.

Al día siguiente, cuando volvió la mujer del tambo, le mostraron el traje de baño y el vestido celeste que habían encontrado en la caja de cartón. La mujer levantó los brazos: ¡para eso habían salido a la una de la noche y no la habían dejado dormir tranquila! Examinó el género del vestido sacudiendo la cabeza: no alcanzaba ni para hacerle una bombacha al hijo; todavía el traje de baño era un poco más abrigado. Los hombres le contestaron que tenía que ponerse el traje, ya que se lo habían traído; la llevarían hasta la playa a bañarse; ellos se bañaban siempre los días de mucho calor. ¿Por qué no se bañaba ella también? La mujer sacudió de nuevo la cabeza: el mar no había sido nunca un placer sino más bien un aparato de tortura incansable. La vecina le aconsejaba bañarse; cuando tenía libres las mañanas iba a la playa vestida con un traje de seda, viejo y negro; se bañaba en la orilla y volvía cubierta de caracoles chiquitos, piedritas y algas enredadas entre los dedos de los pies. Decía que era bueno para los huesos.

Los hombres insistieron hasta que la mujer accedió creyendo que se habían vuelto locos. Salió vestida como estaba con un pañuelo sobre la cabeza; los hombres iban de cada lado, caminando apuradamente. La mañana estaba muy quieta, era domingo. Llegaron a la playa, la mujer tras una larga consideración se desvistió junto al bote. A esos hombres que nunca la llevaban con ellos, que nunca se ocupaban de ella sino para pedirle comida o alguna otra cosa, ¿qué era lo que les pasaba?

La mujer se olvidó de la vergüenza del traje de baño y el miedo de las olas: una irresistible alegría la llevaba hacia al mar. Se humedeció primero los pies despacito, los hombres le tendieron la mano para que no se cayera. A esa mujer tan fuerte le crecían piernas de algodón en el agua; la miraron asombrados. Esa mujer que nunca se había puesto un traje de baño se asemejaba bastante a la bañista del espejo. Sintió el mar por primera vez sobre sus pechos, saltaba sobre esa agua que de lejos la había atormentado con sus olas grandes, con sus olas chicas, con su mar de fondo, saltando las escolleras, haciendo naufragar barcos; sentía que ya nunca tendría miedo, ya que no le tenía miedo al mar.

Cuando regresaron, el llanto del chico los esperaba desde lejos; la mujer lo acunó en sus brazos. Los hombres no se movieron de la casa ese día. Discusiones oblicuas se establecían entre ellos; un odio obscuro empezó a envolverlos; subía, subía como la marea alta. Vivieron en una madeja intrincada de ademanes, palabras, silencios desconocidos.

Mucho tiempo después se creyó que el demonio se había apoderado de La Casa de las Hamacas. Las hamacas se columpiaban solas. Una noche los vecinos oyeron gritos y golpes y luego, después de un silencio bastante largo, creyeron ver la sombra de una mujer que corría con un niño en los brazos y un atado de ropa. No se supo nada más. Al día siguiente, como de costumbre, al alba salieron los dos hombres con la red de pescar. Caminaron uno detrás del otro, uno detrás del otro, sin hablarse.

Viaje olvidado

Quería acordarse del día en que había nacido y fruncía tanto las cejas que a cada instante las personas grandes la interrumpían para que desarrugara la frente. Por eso no podía nunca llegar hasta el recuerdo de su nacimiento.

Los chicos antes de nacer estaban almacenados en una gran tienda en París, las madres los encargaban, y a veces iban ellas mismas a comprarlos. Hubiera deseado ver desenvolver el paquete, y abrir la caja donde venían envueltos los bebés, pero nunca la habían llamado a tiempo en las casas de los recién nacidos. Llegaban todos achicharrados del viaje, no podían respirar bien dentro de la caja, y por eso estaban tan colorados y lloraban incesantemente, enrulando los dedos de los pies.

Pero ella había nacido una mañana en Palermo haciendo nidos para los pájaros. No recordaba haber salido de su casa aquel día, tenía la sensación de haber hecho un viaje sin automóvil ni coche, un viaje lleno de sombras misteriosas y de haberse despertado en un camino de árboles con olor a casuarinas donde se encontró de repente haciendo nidos para los pájaros. Los ojos de Micaela, su niñera, la seguían como dos guardianes. La construcción de los nidos no era fácil; eran de varios cuartos: tenía que haber dormitorio y cocina.

Al día siguiente, cuando volvió a Palermo, buscaba

los nidos en el camino de casuarinas. No quedaba ninguno. Estaba a punto de llorar cuando la niñera le dijo: "Los pajaritos se han llevado los nidos sobre los árboles, por eso están tan contentos esta mañana". Pero su hermana, que tenía cruelmente tres años más que ella, se rió, le señaló con su guante de hilo el jardinero de Palermo que tenía un ojo tuerto y que barría la calle con una escoba de ramas grises. Junto con las hojas muertas barría el último nido. Y ella, en ese momento sintió ganas de lanzar, como si oyera el ruido de las hamacas del jardín de su casa.

Y después, el tiempo había pasado desde aquel día alejándola desesperadamente de su nacimiento. Cada recuerdo era otra chiquita distinta, pero que llevaba su mismo rostro. Cada año que cumplía estiraba la ronda de chicas que no se alcanzaban las manos alrededor de ella.

Hasta que un día jugando en el cuarto de estudio, la hija del *chauffeur* francés le dijo con palabras atroces, llenas de sangre: "Los chicos que nacen no vienen de París" y mirando a todos lados para ver si las puertas escuchaban dijo despacito, más fuerte que si hubiera sido fuerte: "Los chicos están dentro de las barrigas de las madres y cuando nacen salen del ombligo", y no sé qué otras palabras oscuras como pecados habían brotado de la boca de Germaine, que ni siquiera palideció al decirlas.

Entonces empezaron a nacer chicos por todas partes. Nunca habían nacido tantos chicos en la familia. Las mujeres llevaban enormes globos en las barrigas y cada vez que las personas grandes hablaban de algún bebito recién nacido, un fuego intenso se le derramaba por toda la cara, y le hacía agachar la cabeza buscando algo en el suelo, un anillo, un pañuelo que no se había caído. Y todos los ojos se tornaban hacia ella como faroles iluminando su vergüenza.

Una mañana, recién salida del baño, mirando la flor del desagüe mientras la niñera la secaba envolviéndola en la toalla, le confió a Micaela su horrible secreto, riéndose. La niñera se enojó mucho y volvió a asegurarle que los bebes venían de París. Sintió un pequeño alivio.

Pero cuando la noche llegaba, una angustia mezclada con los ruidos de la calle subía por todo su cuerpo. No podía dormirse de noche aunque su madre la besara muchas veces antes de irse al teatro. Los besos se habían desvirtuado.

Y fue después de muchos días y de muchas horas largas y negras en el reloj enorme de la cocina, en los corredores desiertos de la casa, detrás de las puertas llenas de personas grandes secreteándose, cuando su madre la sentó sobre sus faldas en su cuarto de vestir y le dijo que los chicos no venían de París. Le habló de flores, le habló de pájaros; y todo eso se mezclaba a los secretos horribles de Germaine. Pero ella sostuvo desesperadamente que los chicos venían de París.

Un momento después, cuando su madre dijo que iba a abrir la ventana y la abrió, el rostro de su madre había cambiado totalmente debajo del sombrero con plumas: era una señora que estaba de visita en su casa. La ventana quedaba más cerrada que antes, y cuando dijo su madre que el sol estaba lindísimo, vio el cielo negro de la noche donde no cantaba un solo pájaro.

La familia Linio Milagro

La noche ponía un papel muy azul de calcar sobre las ventanas, cuando la familia Linio Milagro se reunía alrededor de la estufa de kerosene en aquel cuarto del piso alto. Es cierto que el hall era frío, con guirnaldas de luces sostenidas por una estatua de mármol; la sala también fría, inexplorada, llena de reverencias de almohadones redondos. El ascensor era el lento refugio, de olor a comida, rodeado de escaleras de madera obscura por donde subían pasos invisibles. Esas regiones frías de los cuartos del piso bajo estaban vedadas y se iluminaban solamente en días de fiestas, de cumpleaños o de casamientos improbables. Reunirse alrededor de una estufa de kerosene era tan indispensable para la familia Linio Milagro como el almuerzo de mediodía.

Las seis hermanas llevaban tricotas verdes de diferentes tonos, verde veronés, verde esmeralda, verde nilo, verde aceituna, verde almendra y verde mirto; las seis recogían alabanzas por haber tejido las tricotas ellas mismas, las seis llevaban el mismo peinado, las seis hablaban al mismo tiempo de la última adquisición de un sombrero adornado con cintas pespunteadas de vidrio, hasta que se fueron levantando de las sillas y dejaron el cuarto vacío frente al retrato de un antepasado vestido de cazador con un fusil en la mano y con un perro sentado a los pies.

La compra de un terreno alteraba de vez en cuando la tranquilidad de esa familia que no paseaba más que en paisajes de films, coloreados, eternamente tristes: colores azules y verdes se estiraban sobre cielos de campanarios amarillos de un sol poniente embalsamado.

Aurelia no había tejido ninguna tricota; era ella la hermana que provocaba secretos, gritos contenidos dentro de los cuartos cerrados, discusiones terribles a la hora de las comidas, siestas larguísimas en invierno; era ella la causante de los sueños atrasados. ¿Desde cuándo? Desde que empezaba el recuerdo de esas seis hermanas. Aurelia envuelta en gasas de automovilista antigua bajaba las escaleras a las cuatro de la mañana, encendía todas las luces de la sala y tocaba el piano perpendicular, con los pedales incesantes arrastrando las notas. Espaciosos misterios cubrían esa música nocturna que se despertaba en el sueño de Aurelia y en los desvelos de sus hermanas. Un día, después de un largo conciliábulo de familia donde crecieron hermanas víctimas de furiosos insomnios, resolvieron cerrar el piano con llave. Esa noche, a las cuatro de la mañana oyeron golpes de muebles y vidrios rotos. Cuando llegaron a la sala, Aurelia estaba tendida en el suelo con las manos ensangrentadas de espejos rotos, los ojos cerrados. Cinco hermanas aterrorizadas abrieron el piano y perdieron expresamente la llave debajo de un mueble. De esto hacía ocho años silenciosos sin protestas por la cuestión del piano.

Concluida la hora de la comida subían las voces con sonoridad cotidiana de merengue.

Todas se acostaron temprano esa noche.

Las horas más distantes estaban cerca en los sueños y caminaban abrazadas. Antes de cerrar los ojos sintieron que Aurelia ya estaba en el piano. Pero no. La noche era muda. Un extraño olor a papeles quemados se introducía en los cuartos ribeteando de fuego el silencio. La casa se envolvía en humo negro.

La familia entera saltó de las camas y se precipitó a extraer abrigos, calzones y zapatos de los armarios. Eran las cuatro de la mañana, Aurelia se adelantaba hacia al piano; tuvieron que arrastrarla hasta la puerta de calle. Las llamas crecían, los vecinos llamaron a los bomberos. Todo el mundo se asomaba por las ventanas para ver el incendio, pero los ojos de Aurelia nadaban remontando corrientes remotas de música.

La familia Linio Milagro, acurrucada en un rincón de la calle miraba el espanto de las llamas. Nadie se dio cuenta de que Aurelia faltaba. Las llamas subían con intención de lamer el cielo, las paredes se derrumbaban, y de pronto se oyó el piano, la música de siempre, imperturbable en la noche. "¡Aurelia!", "¡Aurelia!"

La casa estaba asegurada, la casa era vieja, nadie la había querido alquilar: una tímida esperanza de un incendio provechoso surgía en las cabezas. "¡Aurelia!", "¡Aurelia!" Aurelia no estaba en ninguna parte, sólo el piano se oía, apagándose con el fuego creciente.

Aurelia no se salvó del incendio. Envuelta en sus gasas de automovilista antigua, murió como Juana de Arco, oyendo voces. La familia Linio Milagro, perseguida por el piano de las cuatro de la mañana, se mudó infinitas veces de casa.

Los pies desnudos

Esas peleas servidas como fiambres del día anterior son las peores, nos atan a un malestar hecho de nudos dobles, imposibles de deshacer, tienen la consistencia pegajosa de las cataplasmas, pensaba Cristián Navedo, mientras agravaba el desorden de su escritorio apilando libros y papeles nuevos, cuya presencia agrandaba las cordilleras que crecían sin cesar sobre la mesa. Tenía el temor constante de morir asfixiado debajo de los papeles perdidos para siempre en el desorden, papeles que se buscan y no se encuentran nunca, porque nadan en una zona indefinida de otros papeles detrás de los estantes, enredados para siempre en la obscuridad de los rincones empolvados de tierra. Y sin embargo, le habían enseñado de chico a ser ordenado, a doblar la ropa sobre una silla al acostarse, a guardar los cuadernos y los lápices en el cajón del pupitre, y más de una vez lo habían dejado sin postre. Pero todo eso no había hecho sino agravar su desorden, todo eso no había servido más que para enseñarle a ordenar su desorden, fervorosamente.

Cristián guardaba todo, hasta algunos de los cuadernos de su infancia, y sin embargo vivía en una perpetua angustia de haber perdido todo. Detrás de ese regimiento indisciplinado de cosas había toda una vida frondosa que se extendía en profundidades insondables; guardaba todo, hasta las peleas abortadas el día anterior;

pero eran lo único que volvía a encontrar; no se le perdían nunca: las peleas, siempre las peleas con Alcira (las tenía todas registradas, como en un libro de cuentas).

Se conocían desde hacía poco tiempo, pero ese tiempo parecía haber nacido junto con ellos, tan hermanos se sentían. Y de pronto, como asesinos lentos que entran de noche a una casa, las peleas se habían introducido dentro de los días, traicioneramente. A medida que iba creciendo en ellos el amor, crecía la desconfianza y esa desconsideración prolija que trae consigo el amor: como los pliegues de un traje mal planchado que no se borran con nada, se intercalaban los pliegues del mal modo de los gritos y del silencio; todo equivalía a un insulto. Así se había instalado entre ellos un mutuo desacuerdo que disminuía en forma de resentimientos mudos a la espera de otra rabia.

Cristián extrañaba secretamente sus amores confiados, distantes y distintos. Era tan fácil confiar en lo que no le importaba demasiado. Esos amores de confiterías, de esquinas de almacenes, de playas, que no le robaban nada, ni sus paseos por las mañanas al sol, ni sus horas vacías, ni la soledad que lo llevaba a tientas al lado de los demás seres, ni las visitas a casa de sus primas, ni la generosidad divina del tiempo, ni su desgracia de estar siempre solo.

Se acordaba de Ethel Buyington y de la relación inconsistente que los había unido durante un mes. Qué sensación de irrealidad le había dado esa inglesa transparente que le confió su vida la primera tarde sentados en el banco de una plaza. Le había contado su infancia en un colegio de Londres. En casa de sus padres no vivía más que cuatro o cinco meses, durante las vacaciones. Había escrito una novela a los catorce años y debajo de su cama tenía una caja que contenía todos sus tesoros: una muñeca, un museo que consistía en una cajita con muchas divisiones donde coleccionaba toda clase de curiosidades: una mariposa, las puntadas de una operación de apendicitis, una piedra anaranjada, un caracol, un diente de leche, los ojos de una muñeca, y después la novela y después dieciocho poemas dedicados a su muñeca.

Ethel terminó los estudios más ignorante que antes y se fue a viajar por las costas de África con una familia francesa. Durante su ausencia se le murió la madre; las hermanas vendieron los muebles y la casa donde habían vivido. Recibió la noticia un mes después; sus tesoros se perdieron en la mudanza. Cuando volvió a Inglaterra no encontró en ninguna parte su cuartito cubierto de vuelos de pájaros y de flores; habían vendido hasta las cretonas. No encontró en ninguna parte el museo de cajas debajo de la cama. Ya no tenía catorce años ni en sus retratos de antes, ya no podía escribir ni sentir como entonces. Se hizo bailarina y bailaba con los pies desnudos para no tener que depender de los zapatos de baile que se pierden en los viajes debajo de las camas de los hoteles. Ethel tenía razón.

Pero él, Cristián ¡necesitaba tal equipaje! ¡Tal regimiento de libros, de cuadernos y papeles para hacer cualquier cosa, tal regimiento de zapatos para usar al fin y al cabo siempre los mismos y no bailar con ellos!

¡Oh, la felicidad de los bailarines contorsionistas y pruebistas que no necesitan llevar sino su cuerpo! Pero Alcira, pensaba Cristián…

La casa de los tranvías

El mayoral del tranvía número 15, como un dueño de calesitas estaba recostado sobre el parapeto esperando que se llenara de gente su tranvía para salir. La casa donde duermen los tranvías es obscura y misteriosa para quienes la conocen; a veces se oye la música de un violín sobre los rieles desiertos, cuando se detienen las ruedas, a veces se oyen patadas obscuras en las caballerizas: son las almas de los caballos abandonados por los tranvías.

El mayoral del número 15 tenía los mismos bigotes de un maniquí en una tienda de Flores —allí había nacido y crecido muy alto en el segundo piso de la tienda, hasta que llegó a ser conductor de tranvía.

Todos los días cuando el tranvía se llenaba de gente, a último momento, llegaba corriendo una muchacha cargada de paquetes entre los cuales se veía colgar, indefensa, una cartera. La muchacha durante el viaje no hablaba con nadie ni miraba el paisaje, leía atentamente los diarios que envolvían sus paquetes. Un día, protegido por los empujones de la gente, el mayoral sintió sus manos robar la cartera indefensa, y se quedó lleno de asombro. Había sido siempre un hombre honrado: tampoco era caso de cleptomanía ¿qué es lo que lo había inducido a robar una cartera? Esa tarde durante la trayectoria del tranvía, el mayoral se dio varias veces

vuelta para mirar a la dueña de la cartera —nunca sus
ojos habían llegado ni más arriba ni más abajo de los paquetes que la cubrían— y se dio cuenta de que tenía una
cara preciosa como las figuras que llevan algunas cajas
de fósforos.

A medida que se acercaba el fin del trayecto los ojos
de la muchacha iban poniéndose colorados. El mayoral
se tapaba los oídos cuando el tranvía daba vueltas en las
esquinas, no podía oír el ruido finito y penetrante de los
rieles que lo llevaban cada vez con más precisión al tér-
mino del viaje. Cuando el tranvía se quedó vacío, el mayoral, después de mirar largamente la desaparición de
la muchacha, oyó un nombre con el que alguien la llamaba agitando un pañuelo. En la esquina de la vereda
unas familias complicadísimas de hijas más viejas que
las madres, llamaban: ¡Agustina! ¡Agustina! —y ella volvió corriendo a recoger su nombre inclinada sobre los
besos que la rodeaban. Agustina le quedaba bien. Agustina era un nombre rubio. El mayoral sintió que una intimidad muy grande había crecido con la posesión de su
nombre.

Más tarde, cuando abrió la cartera, encontró un al-
filer de gancho, una polvera con un perrito pintado encima, y diez pesos arrugados. Desde ese día la cartera
dormía debajo de la almohada y las noches fueron an-
gustiosas, llenas de sueños de rieles venenosos enros-
cados alrededor de su pescuezo en el Parque Japonés.
Hasta que se le ocurrió la milagrosa idea de comprar un
regalo de diez pesos. En uno de sus sueños proféticos
había visto una mujer que llevaba un prendedor dorado con una golondrina de alas desplegadas: fue ese el
regalo que buscó a lo largo de las tiendas, y como tenía
que ser de diez pesos, tardó bastante en encontrarlo.

El mayoral llevaba sus brazos tendidos en invisibles gestos de regalo, sentía que solamente de ese modo iba a librarse de su dolor. ¡Pero el día no llegaba! El paquetito permanecía guardado en el bolsillo del uniforme. Los tranvías se vaciaban y se llenaban sin que llegara la oportunidad deseada. Agustina era la última en subir y la primera en bajar. Ese gesto requería la soledad de un claustro a medianoche, y esa soledad no sobrevenía nunca. Cuando el tranvía se quedaba vacío era siempre sin Agustina; hasta que llegó un día en que no apareció más; toda la gente subía como de costumbre, pero ella no llegaba nunca. Y junto con su ausencia empezaron a llenarse las calles de Agustinas imprevistas. El mayoral, cuando ponía el tranvía en marcha, creía verla aparecer en todas las esquinas, y recogía sus esperanzas muertas en esa especie de red metálica y curva con carencia de hilos horizontales, esa red de pescar accidentes que llevan los tranvías.

Era un día en que los pasos en el macadam se volvían pegajosos como caramelos elásticos. En una esquina bañada de tráfico, detrás del vidrio de un automóvil, los ojos de Agustina sonreían. El mayoral puso su mano de llamador de puerta sobre su corazón y detuvo el tranvía. Bajó corriendo a la calle, ensordecido por los claxons, sintiendo que en el gesto de abandonar algo hay más robo que en un robo. Corría entre los automóviles y la gente, detrás de un rostro que aparecía y desaparecía en todas las mujeres de cabezas desnudas, lejos del tranvía abandonado, que quedó como un muerto que nadie resucita, rodeado de gente en el medio de la calle.

Índice